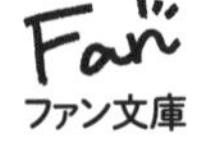

百鬼の花嫁

著　織都

マイナビ出版

陰陽軍階級図

	【階級】	【爵位】	【登場人物】
上	元帥	公爵	一条
	上級特佐	侯爵	
	一級特佐	準侯爵	雨宮
	二級特佐	伯爵	黎人（二章以降）
	准級特佐	子爵	黎人（一章）
	上級特尉	男爵	麻宮
	一級特尉	準男爵	南雲
	二級特尉	騎士爵	
	特士	騎士	石蕗／宇津木
下	准特士	爵位ナシ	寧々／草一郎

目次

百鬼の花嫁
ひゃっきのはなよめ

序章

あの日のことは、よく覚えていた。

しんしんと雪の降る、一際静かな冬の日だった。山間の小さな集落。人目を忍ぶように、ぽつんとある小さな家に住んでいた。

母が止める声も聞かずに、花燐は寝間着のままで家の外へ飛び出す。

「母様、見てくれ！　雪だぞ！　雪が降っておるー！」

まだ五歳になったばかりだっただろうか。西の地では雪が珍しくて、きらきらと日の光を反射して光る雪片に、両手を挙げて喜んだ。

「まあ花燐、父様の口真似ばかりして」

困った顔で母が追いかけてくる。ここのところ暗い顔をしていた母は、少しだけ目元を緩ませた。花燐は知っていた。昔から父の真似をするほど、母は笑う。

ふと、袖に雪が落ちる。藍染めの浴衣に白い雪の欠片。ことさらに映えて、じっと見入った。よくよく見ると、不思議な形をしている。六つの花びらを持つ、花のようだった。

「母様！　雪の花だ！」

慌てて手のひらに載せて、母に見せようと思った。しかしすぐに溶けて消えてしまう。消沈したが、幸いなことに雪はまだまだ降る気配だった。

花が降るなど吉兆に違いない。どうにかこうにか手の中に留まってくれないかと四苦八苦していると、ようやく母が声を出して笑った。久しぶりに見た笑顔だった。

「駄目よ、花燐。溶けてしまうわ」

「父様に見せたいのだ。これほど綺麗な花は、さすがの父様も見たことがないぞ」

うきうきと袖に降る雪の花を摘まんだ。しかしこれもまた溶けてしまう。

「父様はいつ帰ってくるのだ？　早く帰って来ないと、雪が止んでしまう」

「……そうね」

呟いた母の顔は暗い。いつからだろうか、こうして塞ぎ込むようになってしまったのは。父が「出掛けてくる」と言った日からだろうか。いや、もっとあとだ。どうしたのかと聞いても、母は教えてくれなかった。教えてくれないのなら仕方がない。花燐は必死で考えた。どうすれば母が笑顔でいてくれるのか。

花燐は椿（つばき）の葉を取り、その上に雪の花を乗せてみた。幾分か形を保っている。触らなければいいのだ。これだと思いつき、いくつもの葉の付いた椿の枝を折って持ち、辺りを歩き回った。

「……約束したのだ、父様と」

花燐は父が好きだった。名を空亡（そらなき）という。太陽のような橙（だいだい）色の髪を持った、鬼である。額から伸びる大きな二本の角が大好きで、よく触らせてもらった。

花燐の角はまだ小さく、父の角の半分よりずっと小さい。それが嫌だと駄々をこねれば、父は笑って抱き上げてくれた。

「泣くでないぞ、花燐。おまえの母が人間だから、角も小さいのだ。でもほれ、角があるのは父と一緒だ。それでよかろう。お揃いだ」

そう慰めてくれた父は、一月ほど前に遠くへ出掛けた。

「皆がいつでも笑っていられるように、少し出掛けてくるからな。父が帰ってくるまで、母さんを頼んだぞ」

笑顔で出立した父と約束した。頼まれたのだ、母を。

椿の枝を持って、少し家から離れた場所を歩いてみる。少し弾んだ息が白い。

「雪の花を父様に見せるのだ。あと……母様にも」

雪の花を見た時、母は笑った。それならば、この花が溶けないようにずっとあればいい。葉の上に雪を乗せて……それから木箱に仕舞おうか。触らなければいいのだ。大事に押し入れに仕舞っておけば、溶けて消えないかもしれない。我ながら良い案だと思って、母を振り返った。

「雪の花を集めてくる。母様は家で待っておくれな」

「すぐに帰るのよ」

そう言って母は儚げに笑った。母を見たのは、それが最後になった。

勝手がわかる近所を一廻りして、ほくほくと雪の花を集めて帰る。雪の花を零さぬようにそっと玄関を開けたが、出迎えたのは母ではなかった。

揃いの黒服を着た大きな体の男たち。靴も脱がないままで家に上がり込み、なにかを探しているようだった。

声も出せずに立ち尽くすと、彼らは一斉に振り向く。びくりと体が震えて固まった。

「ああ……居た。これが空亡の娘だな、密告どおりだ。確保しろ」

「了解」といくつか声が上がり、大きな手が迫ってきた。とても嫌な感じがして、すぐに逃げ出した。

「……母様！」

慌てて見回しても母の姿はない。

「父様——！」

大鬼として怖れ敬われる父もいない。

子供の花燐はすぐに捕らえられた。手から椿の枝が落ちて、それを男たちが踏み荒らす。母を笑顔にするはずの、父との約束を守るための、雪の花が踏み潰された。

そこからはよく覚えていない。

馬がたくさん繋がれた馬車に乗せられた。長い時間をかけて、どこかへ連れて行かれた。小さな窓の外の景色がどんどん雪深くなり、青かった空が灰色になった。

やがて小さな家屋に、ものを投げるように放り込まれた。一刻も早く母に会いたくて、花燐は飛び上がり、見知らぬ家から出ようとした。

しかし玄関から一歩出ようとした瞬間、異様な光景が広がっていたのだ。怖い顔をした人間が、大勢でこの家を取り囲んでいた。

一様にこちらを睨み、汚い言葉を投げつける。男も女も子供も老人も。

立ちすくんでいると、どこからか大きな声が響き渡る。

「これは、先ごろ処刑した悪逆非道の大妖怪『空亡』の子供である！　大日本帝国軍の正義の名の下(もと)に、今日を以てこの屋敷に封じることになった！　一切の情けも他言も無用である！」

ざわざわとどよめきが起こる。幾人かの法衣(ほうえ)の男が進み出て、何事かを唱え出した。

「母様……父様……」

どれだけ探しても、大好きな両親の姿はない。わけがわからなかった。

やがて玄関先で立ち尽くしていた目の前で、ばちりとなにかが弾ける。同時に目に見えない強い力に跳ね飛ばされて、玄関の内側に倒れ込んだ。

呆然として手を伸ばす。しかし玄関の扉から一寸たりとも、出ることはかなわなかった。

「母様……母様！」

いくら叫んでも返事はない。父は……今し方名前が出た。『しょけい』？　どういう意味だろうか。

母はどこだ、父に会わせろ。いくら泣いて叫んでも、花燐が望む返事はなかった。

寒村の小さな家に閉じ込められ、そこから十一年を過ごすことになる。

第一章　百鬼の姫

帝都を境に西は妖怪、東は人間。

日本が東西に分裂し、そう棲み分けがされたのは幕末の開国が発端だった。そもそも古来より、人間と妖怪は共に暮らし助け合ってきた。そこに亀裂が入ったのは、人間側による勝手な開国が原因だった。

海の向こうから西洋の人間やものや文化が運び込まれ、妖怪は困惑し反発した。最初は些細な口論だったという。自分たちの住み処を守ろうとする、ささやかな抵抗だった。

だが、次第にその波紋は大きく広がり、日本全土を揺るがす大きな戦となる。後に『人妖大戦』と呼ばれたその戦いは、両者に大きな被害をもたらし、痛み分けとなった。

その最中に時代は移ろい、幕末を経て年号は『久佳』と定められる。久佳維新と呼ばれ近代化が進む中でお互いの住み処を荒らさぬように、人間と妖怪は東西に分かれて暗黙の不可侵を守ってきた。そのはずだった。

帝都より東の人間の領域。有数の豪雪地帯である村に、古くて小さな武家屋敷があった。そこの名ばかりの庭園は小さな畑になっていて、申し訳程度に育った細い葱に花燐は目を細める。

「よいよい。味噌汁にでも入れたいが……味噌がなかったな」

もう少し育った方がいいか、今のうちに採ってしまおうか。手を泥で汚しながら雑草をちまちまと抜く。井戸から水を汲み、今にも底が抜けそうな桶に移した。

ふと、水面に自分の姿がゆらりと映る。伸びっぱなしの長い黒髪は、毛先にいくにつれて父譲りの鮮やかな橙色。額から伸びた二本の角は七寸（約二十一センチ）程になり、根元の白色から先にいくにつれて赤へと色が移ろう。これも父と同じ大鬼の証しだった。

汚れたままの手で顔を拭い、ぼろぼろの着物をはたいて桶を持ち上げる。

そうしていると、足下からけたたましい声が上がった。

「なんたることか！　空亡様のご息女が……我ら妖怪の姫様がこのように汚れておいでとは！」

見ると五寸（約十五センチ）ほどの小さな鬼が、顔を真っ赤にして怒っていた。これは家に取り憑く『家鳴』という妖怪。花燐の住む家屋を守る役目の家鳴は、名を蔵宜という。

「そうは言うても、蔵宜。土いじりしか、わたしにはすることがないのだ」

「おいたわしや！　ワシにもっと力があれば……このような古家に、十年以上も留め置くことなどいたしませぬのに！　ワシにもっと力があれば、人間どもの結界などばりっと壊してくれようほどに！　口惜しや！」

「わたしは好きだぞ、この家は古くとも立派だ。ほれ、枝豆もじきに採れようぞ」

「かようなお言葉……この蔵宜にはもったいのうございます！　ああ！　思い起こせば十一年前！　姫様がここにお越しに……いえ、無理矢理に連れてこられたあの日……！」

はじまったと苦笑して、花燐はささやかな畑に水を撒く。

花燐は十六歳になっていた。

母は人間だが父は鬼である。妖怪との混血である花燐は、この家から一歩も出ることはできないでいた。そういう封印を人間に施されてしまったのだ。蔵宜はそもそも、この家に取り憑く妖怪である。家の敷地内から出ることはできない。もっぱらの話し相手ではあったが、余程悔しいのか、気が付けば口から出るのは人間への恨み辛みであった。

「そもそも！　空亡様が人間を虐殺したなどなにかの間違いでございます！　空亡様は妖怪の総大将とも呼ばれる立派な大鬼！　武勇に優れ人望にも厚い、真っすぐで剛気なお方！　まかり間違っても人間どもを襲撃するなど、あろうはずがございません！　濡れ衣でございます！　邪な人間どもに謀られたのでございます！」

「……うん」

「それを人間どもは、大罪人の大鬼として処刑など……なんということを！　許すまじ人間どもよ！　いつか見ておれ！」

手を止めて、ぼんやりと父の姿を思い出す。しかし幼い頃、最後に見た父の姿はもう朧気だった。笑顔は優しかった。大きな手で頭を撫でてくれた。他には……思い出せない。

「でも父様は、それを受け入れたのだろう？　抵抗もせずに首を切られたと言うではないか。罪のない人間を殺した責任をとったのだ。そうだろう？」

「この場所に縛られておるワシには……真実などわかろうはずもございません……」

「無念」と蔵宜はうなだれる。

とにもかくにも父は死んだのだ。だから母は暗い顔をしていたのだろう。父が死んだのを知っていたから。花燐には伝えず、自分の心の内にずっと秘めていたのだ。その母は、終（つい）ぞ行方がわからない。誰に聞いても生きているのか死んでいるのか、それすらも口にしない。

こちらの顔を見て察したのか、蔵宜はぴょこぴょことその場で跳ねた。

「人間どもは怖れておるのでございます！　姫は空亡様の娘。その力が目覚めれば、大きな脅威となりまする！　だから人間どもは言わないのですぞ。母上様が死んだと言えば、怒り心頭に発した姫がこの家から力ずくで出るかもしれぬ。母上様が生きていると言えば、どうにかして探しに行こうとするでしょうとも。人間どもはそれを怖れておるのです！」

「力など……わたしにはない。この二本の角があるばかりだ」

「おいたわしや、姫様！」

「わたしも殺してしまえばいいのにな。なぜここに閉じ込め、生かしておくのか」

暗い顔で呟くと、蔵宜は抜いた雑草の一本を持って勢いよく振り上げた。

「そのような弱気なことではいけませんぞ！　不肖（ふしょう）ながらこの蔵宜！　我が身に代えてもお守り申し上げます！」

「えいや！」と雑草を振り下ろし、さながら武士の真似をする。思わず破顔していると、玄関の戸が乱暴に開けられる音がした。

途端に笑顔が消え去り、体が強張った。ことさらに大きな音を立てて廊下をのし歩いてきたのは、荷物を抱えた年嵩の女である。着ているものも粗末で、隠そうともしない苛立ちが顔にも体にも現れていた。そうして庭でしゃがみこんでいるこちらを見つけては、目を三角にして大きな声で叫び出す。

「まったく！　あれもこれも、全部おまえのせいだ！」

剝き出しの悪意をぶつけられ、花燐は喉の奥で細く息をする。青い顔で口を開けない花燐の代わりに、蔵宜が雑草を構えて飛び出した。

「やい、来たかこの性悪女！　姫に対して失礼千万！　今日ばかりは両手を突いて謝罪してもらうぞ！」

「うるさいんだよ、この屑妖怪が！」

言うなり蔵宜を張り飛ばす。小さな体は石灯籠にぶつかり、そのまま地面に落下した。

「蔵宜……！」

家鳴は得てして無力である。居ればそれだけで家が守られるが、居ること以外はたいした力はない。花燐は駆け寄ろうと思った。しかし体が固まって動けないのだ。いつもいつも……いつもである。

女はこちらを見下ろしながら、わざとらしく着物で手を拭いた。

「嫌だ嫌だ、汚らしい。まったく、なんだってこんな東の村にまで妖怪が居るんだか。さっさと西に行っちまえばいいのに！」

「……それは……おまえたちがここに縛るから……」

　絞り出すように言うも、女に聞く耳はないらしい。

「軍のお偉いさんの考えにゃついていけんよ。こんな小さな村に鬼を封じるなんざどうかしてるね。だからいつも悪いことが起こるんだ。飼っていた牛が死んだのも、稲が不作なのも、亭主が死んだのも、全部が全部おまえのせいなんだ！」

　女は捲し立てる。花燐にとっては呪いの言葉だ。そうなのだ。全部自分が悪い。ここに閉じ込められたのも、母の行方が知れないのも、蔵宜が殴られたのも。もしかしたら父が死んだのも、自分のせいなのかもしれない。そう思うと口から言葉など出てこず、喉が詰まったように細く息をすることしかできないのだ。

「こんな不吉なものの世話をしなくちゃならん、私の身にもなってほしいね。色のついた報酬をもらっても、割に合わんさ！　ああ、嫌だ嫌だ！」

　吐き捨てて、女は抱えていた荷物を乱暴に放り投げる。いつもの差し入れだ。

　屑米と屑野菜、色の変わった味噌とくたびれた古着。そして破れた冊子。思い出したように持ち込まれるこの品々だけで、花燐は生きていかねばならなかった。

　土の上に手を突いて頭を下げる。額が土に汚れるほど下げると、女は幾分か気が良くなったらしい。四角い顔に意地の悪い笑みを浮かべた。

「この世の悪いことは、みんな妖怪の仕業なんだ。特におまえの角は、不幸も災いも呼び寄せるんだとさ。生きてるだけで迷惑な話さね！　少しは身の程を弁えて、もっと謙虚に振る舞うんだよ！　世話してもらってありがたいと思いな！」

　それだけ言い捨てると、また大きな足音を立ててこの家を出て行ってしまう。足音が完全に聞こえなくなり、花燐はようやく顔を上げた。

　そして、きゅうと倒れている蔵宜を拾い起こす。

「……大丈夫か、蔵宜？」

　なんとか目を覚ました蔵宜は、無力であっても女の狼藉を許すつもりはないらしい。真っ赤な顔を更に赤くして、女が消えていった方向に拳を振り上げた。

「許すまじ！　我らが百鬼の姫になんたる無礼か！」

「よいよい。味噌をもらったから、これで味噌汁を作ろうな」

「ああ……姫の角が。百鬼の角が汚れておしまいで……！」

　言って蔵宜は、土で汚れた花燐の角をぱっと払う。

「百鬼な。百の鬼を束ねる妖怪の総大将か」

「そうですとも。世が世ならば、空亡様と共に妖怪を率いるお立場ですぞ。返す返すも悔やまれる！　空亡様……どうして逝ってしまわれたのか……！」

　蔵宜がおいおいと泣き出すので、それをあやしながら花燐は囲炉裏の火をおこす。適当に切った屑野菜と味噌を、惜しみながら鍋に少し入れて煮た。

　そうやってなんとか腹を満たしながら、女が放り投げた荷物を確かめる。古着は繕えば着られるだろう。大根のへたは、植えれば葉が伸びるかもしれない。あとは——。

「うん。唯一の楽しみはこれよな」

花燐が手にしたのは、ずいぶんと読み込まれた冊子だ。紙も黄ばんで、頁も破れている。

「姫は小説がお好きですな」

蔵宜がお猪口に注いだ味噌汁を啜りながら、目を細める。

「おまえが字を教えてくれたからだぞ。わたしがこの家でできることは、着物を繕うことと土いじりと、これを読むことだ。他にない」

最初は嫌がらせか皮肉か、気紛れだったのだろう。差し入れられる品の中に、一冊の本が入っていた。これはなにかと蔵宜に聞いて、読み書きを教えてもらった。そこには花燐の知らない外の世界のことが綴ってあった。たちまち魅了された。

やがて、この家を出入りする人間に噂が立つ。あの鬼の娘は、本を与えていればおとなしいと。そうして時折、誰かが読み潰した小説や雑誌が持ち込まれた。

花燐にとって、外の世界を想像することだけが唯一の慰めだ。本を読んでいる時間だけは、ここに閉じ込められていることを忘れられる。

「なあ、蔵宜。外の世界は面白そうなことでいっぱいだな。いろんな食べものと、いろんな人間と、いろんな妖怪がいる」

「はあ。ワシもここから出られない身ゆえ、姫と同じく想像することしかできませんが」

「食べものはな、蔵宜と共に食べておる。人間もここへやってくる。妖怪はわたしとおまえがいるだろう？　わたしが一番気になっておるのは、頻繁に本に出てくる『恋』というやつだ」

「そうですな。はてさて、摩訶不思議(まかふしぎ)なもののようで」

「恋の話がよく出てくるのだ。なにかを好きなことを『恋』と呼ぶらしい。わたしは大根も枝豆も葱も好きだぞ。これは恋なのだろうか？」

「おそらく恋なのかと。ワシはいまいち腹落ちしませんが……恋となれば、自分が死んだり誰かを害したり、なんとも強い感情で動くそうです。よくわからんですな」

「ふむ、強い感情か……」

膝の上に載せた本の頁を、ぱらぱらと捲(めく)る。あちこちに『恋』という文字が散見された。こうもたくさん載るということは、外の世界では余程の大事なのだろう。

花燐に差し入れられる本はたいてい頁が欠けている。人の手で破り捨てたような跡があるので、妖怪に読ませてやるものかという意地悪なのだろう。欠けた頁を自分なりに想像して補完するのが、花燐の読書の常だった。

「でもな、これだけ流行っているということは、皆が持っているのかもしれない。どこかでたくさん、売っておるのかもな」

「左様ですな」

「一度見てみたいの、恋を」

「おそらく帝都の大通りに展示してありましょうよ」

「そうだろうな」

家から一歩も出られない花燐は、こうやって蔵宜と日々を過ごす。

これが世界の全てだった。

＊＊＊

慎ましくも閉じた世界が一変したのは、ある秋の日だった。

芽が出たじゃがいもを差し入れられ、植えてみようかと畑の土を素手で掘り返していた。

不意に玄関の戸が乱暴に開けられる音が聞こえたのだ。

思わずひゅっと喉の奥で息をする。すかさず蔵宜が立ち上がり、細枝を構えた。しかしなにやら様子がおかしいと察して、蔵宜と顔を見合わせる。

いつもであれば、あの年嵩の女がどすどすと不機嫌な足音を立てて、のし歩いてくる。だが今日ばかりは、玄関先で言い合う声が聞こえたあと、数人の足音がやってきたのだ。

やがて現れたのは、揃いの黒服を着た人間たち。肩章の付いた漆黒の詰め襟に、二列に配置された金の釦（ボタン）。腰には日本刀と革の拳銃嚢（ホルスター）が下がっている。黒い制帽に神使である八咫烏（やたがらす）の帽章が掲げられているのを見て、花燐は思わず息を呑んだ。

「……軍人だ！」

雪の花を見つけた日、自分を捕まえてこの家に閉じ込めた人間たちである。浮かんだのは怒りではなく、絶望だった。今以上に悪い状況になるに違いない。もしや、父と同じように処刑されるのかもしれない。

愕然と立ち尽くしていると、こちらを眺めていたひとりが口を開いた。

「彼女が例の……？」

「そうだろうな、空亡に似ている。すまないが席を外してくれ」

そう言ったのは一番背の高い青年だった。彼の言葉を受けて、他の軍人たちは「了解」と答えて去って行く。一体どういうことか。

訝しんで眉間に皺を寄せていると、我を取り戻した蔵宜が果敢に立ち塞がった。

「人間どもめ！　姫をどうするつもりぞ！」

この家に出入りする人間は、妖怪と見れば嫌悪の目を向けてくる。しかし青年は涼しく一瞥して、目を細めただけだ。

「この家の家鳴だな？　どうするもこうするも、彼女の返事次第だが……それにしても」

低い声で呟いて、花燐の頭から足の先までを眺めてくる。

「……ひどいな」

「ひどい……？」

直接的な言葉を投げられて呆然とする。改めて自分の姿を見返してみた。継ぎ接ぎだらけの着物は裾がほつれて土まみれ。地面を掘り返していた手も真っ黒に汚れ、がさがさとしていた。鏡もないので自分の顔などしっかり見たこともない。しかし俗世で生きているこの人間が言うのだ、顔や体の造作が余程ひどいのだろう。世間では綺麗なものがもててはやされるのだ。自分の存在は醜悪に違いない。

「どんなにひどくとも……どうすることもできん」

うなだれて呟くと、彼は「ふむ」と唸った。そしてなにを思ったのか、突然手を引かれた。そのまま井戸のそばまで来ると、水を汲んで蔵宜になにかを言付けた。やがて比較的清潔な手ぬぐいを持ってこさせると、それを濡らして固く絞る。

一体なにをしているのかと呆(ほう)けていると、彼は手ぬぐいでまず花燐の顔を拭った。

「な、なにを……！」

「私は都築(つづき)黎人(りひと)という」

「うん？」

名を名乗ったのだろうか。それすらもよくわからないまま、今度は水の張った桶に手を入れられた。黎人の大きな手が、花燐の手についた泥を落としていく。

「きみと取り引きがしたい」

「取り引き？　……な！」

濡れた手を拭いてから、今度は髪と着物の汚れを払う。まるで子供の頃、母にそうしてもらったように。目を回していると、また手を引かれる。

座敷に上がると囲炉裏のそばに座り、向かい側を指でさした。座れということか。

渋々と腰を下ろすと、彼は制帽を脱いで日本刀と共に傍らに置く。歳は二十代の真ん中くらいか。さらさらとこぼれ落ちる黒髪は艶やかで、瞳は深い紫色をしていた。見たことはないが、紫水晶（アメジスト）というのはこんな色なのかもしれない。ぞくりとするほど整った美しい相貌をしていたが、その表情からは感情らしいものが読み取れなかった。

　なにを考えているのかさっぱりわからない。ぽかんとしていると、そろそろと蔵宜がそばへやってきた。

「気を許してはなりませんぞ、姫。優しいふりをして取り入ってくる輩やもしれません」

「優しい……」

　なるほど。今、自分は優しくされたのだ。すっかり綺麗になった手を見下ろしていると、黎人が淡々と口を開く。

「きみは空亡の娘で、名を花燐という。間違いはないか？」

「間違いはないが……取り引きとはなんだ」

　おそるおそる尋ねると、黎人は表情を変えないままで、とんでもないことを言い出した。

「私と婚約してほしい」

「婚約？」

「な！　な！　なにを言い出すのか、この人間は！」

「ぎやー！」と叫んで蔵宜が飛び上がる。

「芋を潰して灰汁（あく）を混ぜて茹でるやつか？」

「それはこんにゃく……気をしっかりお持ちください、姫！」

「では、あれか。結婚の約束をするやつか？」

「そう、それだ」

黎人は無表情のままで頷いた。再びぽかんと口を開ける。

「わたしと結婚したいのか？」

「そうだ」

「わたしの知る限り、結婚とは好いた相手と連れ添う約束をするものだろう？　おまえはわたしが好きなのか？」

「嫌いではないな。初対面だが」

不思議なことを言う。意図を測りかねていると、黎人はあぐらの上で手を組んだ。

「長い話を聞いてくれ。そもそもこれは、取り引きなんだ」

「ほう」

とりあえず相槌を打つ。

「さて、どこから説明しようか……。現在、日本には三つの軍がある。陸軍と海軍、そして陰陽軍だ。陰陽軍というのは、対妖怪の鎮圧に特化した軍だ。妖怪がなにか問題を起こせば、それを解決するために出向く。私は陰陽軍で准級特佐を拝命している」

「とくさ？」

「陰陽軍の階級は少々特殊でね。まあ、そこそこ偉い立場にいるのだと思ってくれ。この度私は、上官から命令を受けた。空亡の娘である、きみと婚約しろと」

「命令だと？」

「軍人にとって命令は絶対だ。だから私は、きみと婚約したい」

「…………」

花燐は顔を歪めた。この男は他人から言われれば、ほいほいと見ず知らずの妖怪と結婚するのも厭わないらしい。まったくもって理解し難い。

「……おまえたちはわたしの父を殺し、わたしをここに封じた。そのおまえたちが、わたしと結婚してなんの利があるんだ」

「確かに十一年前、軍はきみの父親の空亡を処刑した。過去の大戦の後、妖怪と人間は膠着状態が続いていた。しかし第二の大戦が起こる気配があったんだ。当時の軍の中には、妖怪との和平を望む一派があった。妖怪との和平交渉に臨もうと、その穏健派が集まり会合をした。空亡はそれを襲撃し、和平論者を一掃したんだ」

「父様がそんなことをするはずがない！」

思わず腰を上げ、大きな声を上げる。それでも黎人は、動じずに淡々と告げた。

「穏健派の代表は都築秋一。私の父だ」

「…………」

「間違いなく、私の父は空亡に殺された。この目で遺体も確認した。目撃証言も多数ある」

「そんな……」

「当然、軍内外で『報復すべし』と声が上がった。各地で官民による妖怪狩りが横行したんだ。それこそ罪のない、たいした力のない妖怪たちが狙われた。それを見て、空亡は自らの過ちを恥じたのだろう。自分以外の妖怪には手を出さないでほしいと、申し出たんだ。その首と引き換えに」

花燐は力なく腰を落とした。最後に見た父の顔を思い出す。「皆がいつでも笑っていられるように、少し出掛けてくるからな」、そう言っていた。

「……では父様は、自ら首を差し出したのか。罪のない人間を殺したから」

「そうだ」

言葉をなくして、空の一点を見つめる。父に限ってそんなことがあるだろうか。和平を望む人間を殺すなんて。

「空亡は妖怪側の総大将だった。一声掛ければ、日本中から何万という妖怪たちが動くだろう。その空亡を軍は処刑した。大きく公表もした。当然世間には、妖怪に対する嫌悪感と不信感が募る。それを良く思わない妖怪もいる。その妖怪たちが起こす様々な問題に対し、我々が対処する。この十一年間、そうしてきたんだ」

「だが」と黎人は言葉を続ける。

「正直、切りが無い。我々がどれだけ力で押さえつけようと、妖怪の反発はなくならない。妖怪にとって人間は『空亡を殺した悪』であり、人間にとって妖怪は『存在自体が悪』なんだ。お互いへの敵意で繰り返し問題が起こる。だからここで、軍の上層部は手を打とうと思った」

「……それがわたしとの婚約か？」

「そうだ。きみの身柄はここ東の果てにある寒村に幽閉した。それが空亡との約束だったからだ。きみは空亡の娘で、その角には百鬼を束ねる資格があるのだという。そのきみと、軍人である私が婚約する。それを世間に大きく公表する。人間と妖怪が手を取り、共に暮らすのだと宣言する。その上で、日本の東西を統一する足がかりとする。いわゆる、政略結婚だ」

「政略結婚……」

「それが軍の方針だ。私も平和を願っている。この国に住む人間と妖怪の平和だ。きみはどうだ？　このまま人間と妖怪が傷付け合い、いつかまた大きな戦になることを望むか？」

「わたしは……」

花燐はこの家の外のことは知らない。他の妖怪など、蔵宜しか知らない。人間のことも、ここを出入りする限られた数人しか知らない。なにも知らない。

知っているのは両親のことだ。母は人間だった。父は人間を嫌ってはいなかったし、一緒にいた母は幸せそうだった。それがずっと続けばいいと思っていた。

だが現実は甘くはない。この家に出入りする人間は、花燐を忌み嫌っていた。目の前の青年と――黎人と婚約すれば、そういう嫌悪の目がなくなるのだろうか。

答えあぐねて押し黙るが、黎人は続けた。

「きみが承諾するなら、この家の封印を解いて解放しよう。とは言っても、私に嫁入りしてもらうのが前提だ。私と暮らしてもらうことになるが」

「ここから出られるのか？」

ふっと閉じた世界に光が差す。その事実だけが唯一、現実味があった。目元を緩ませていると、今まで黙っていた蔵宜がぴょんと立ち上がる。

「騙されてはなりませんぞ、姫！　こやつの話、どこまで信用できるかわかったものじゃありませぬ！　姫のお立場を利用されるだけでございます！」

「利用か。否定はしない」

表情を変えずに言い放ち、黎人はじっとこちらの目を見据えた。

「悪いが、考える時間をやれないんだ。帝都からここまでずいぶんな距離でな。そう度々に訪れるのは骨が折れる。だから今この場で返事がほしい」

即断せよと迫られ、さすがに鼻白む。

「ここから出す代わりに、嫁入りせよということか。わたしを利用し、妖怪を懐柔すると。そういう取り引きなのか」

「そのとおりだ」

「姫、いけません！　軍の甘言に乗ってはなりませんぞ！」

蔵宜は顔を真っ赤にして、ぴょこぴょこと飛び跳ねる。そうは言っても、この家から、ここの人間たちから解放される。積年の本懐だ。

利はある。とびきりの利だ。だが承諾したとして、それは果たして父の遺志に沿うものなのだろうか。その首で贖った代償に、報いることなのだろうか。今の花燐には、その判断ができなかった。自分の望みのままにこの話を受けて、誰かが傷付きはしないだろうか。父は母は……喜んでくれるのだろうか。

それに、十一年も共に過ごした蔵宜と離ればなれになる。親代わりであり、師であり、かげかえのない友人で同胞だ。身を粉にして尽くしてくれる蔵宜を捨て置いて、自分だけがここから出るなど、実に不義理なことである。

そう考えると、安易に首を縦に振るなどできない。

顔を顰めて唇を結んでいると、不意に黎人は組んでいた手をほどいた。

「決めかねるか？」

「当たり前だ。なにもわからぬわたしが安易に返事をして、取り返しのつかないことになったらどうする。それに蔵宜と別れよと急に言われても……心の整理がつくものか」

苦い顔で言うも、黎人は「なるほど」と小さく頷く。そして傍らに置いた日本刀をやおら抜くと、いとも簡単に蔵宜を捕まえて、その首に刃を当てた。

「なら、これではどうか？」

「な……！　蔵宜を放せ！」

なんのためらいもなく、流れるような所作だった。捕らえられた蔵宜も、一瞬なにが起こったのか理解できなかったのか、目を見開いて呆然としていた。しかしすぐに我に返り、青い顔で叫ぶ。

「ワ、ワシのことなど捨て置いてくださいませ！　姫に心穏やかに過ごしていただくのが、この蔵宜の願いなれば！」

「首を落とさずとも、家鳴を殺すには家に火を放てばいい。一言、外に居る部下に命じれば、それが叶う。さて、どうする？」

「やめろ！　蔵宜には手を出すな……！　家に火を放つなどやめてくれ！」

閉じ込められていたと言っても、花燐にとっては十一年を過ごした場所である。蔵宜と共に笑い、慎ましやかに生活した大事な家だ。ましてや、身を以て尽くしてくれた蔵宜を見捨てることなど、できはしない。迷う余地などなかった。

「わかった！　おまえたちの提案を飲む！　だから……！」

「賢明だ」

淡々とそれだけ言うと、蔵宜を放り出す。次いで日本刀を鞘に仕舞って、音も無く立ち上がった。

「取り引きは成立だ。きみは聡くて助かる。すぐに発つぞ」

そう言い残し、制帽を被った黎人はさっさと玄関へ向かってしまう。あとに残されたのは、言葉もなく座り込む花燐と、ひっくり返ったままの蔵宜だった。すぐに駆け寄り、蔵宜を助け起こす。

「大丈夫か、蔵宜」

「姫……！　ワシのことなど構わずともよいのです！　ワシは……ワシは心配でございます！　人間など……ましてや軍人など信用できようはずがございません！　姫はただ、おってくれるだけでよいのです！」

「いいのだ、蔵宜。おまえには恩がある。この家もなくしたくはない。なに、どうにかなろう」

歯を出して笑って見せるが、蔵宜は泣きそうな顔でその場に崩れ落ちてしまう。

「しかし……姫になにかあったら、空亡様に向ける顔がございません！」

「帝都に行くんだそうだ。そこで見聞きしたことを、いつかおまえに話そうぞ。必ずまた会おうな。恋とやらも、この目で見てくるからな。約束だ」

「姫……」

この家に憑いている家鳴は、ここから動くことはできない。十一年を共に過ごした蔵宜とも、ここでお別れだ。もしかしたら、もう会うこともないかもしれない。それでも気がかりは残したくなくて、笑顔を作る。

「少し出掛けてくるだけだ。皆が……妖怪がなんの憂いもなく過ごせるよう、頑張ってみようぞ。今までありがとうな。本当に……ありがとうな」

蔵宜の小さな手を必死に握る。ふと既視感に襲われた。まるで、最後に会った父のようではないか。あの日の父も、こんな気持ちだったのだろうか。

ようやく父の思いに触れた気がして、花燐は立ち上がる。この身ひとつで、どこまで同胞を救えるのか見当もつかないし、途方もない。

それでも、できることをやるしかないのだ。この出会いは僥倖だったと思おう。

腹を括って、花燐は外の世界に一歩踏み出した。

＊＊＊

遠ざかる寒村の景色を、馬車の窓からいつまでも眺める。

「わたしのいた村は……あんなに小さかったのか」

あれが世界の全てだったのに。がたごとと揺れる車内でぼそりと呟くが、花燐の他には誰もいない。黎人は別の馬車で移動するらしく、別行動なのだ。

今、ここから飛び降りて逃げたらどうなるだろう。そう思って窓の外を眺めたが、馬車の左右には少なくとも三人ずつ、軍馬に跨がった軍人がぴったりと付いてきていた。どこかへ逃亡するのは無理そうである。

そうして丸一日を移動して、どこかの宿に泊まる。最初はなにもかもが珍しくて、見るもの全てに目を丸くしたが、そういう日が七日を過ぎたあたりで少々飽きてきた。宿の一室を丸々と与えられたが、入り口や外をやはり軍人がしっかりと警備しており、一歩も出ることはかなわない。本もないので、ただぼうっと座って過ごすしかないのだ。

これでは蔵宜と過ごしていた日々と、なんら変わらないではないか。むしろ誰とも話すことができないままなのは、あの家以下かもしれない。

黎人は一度も顔を出さなかった。本当に付いてきているのだろうか。よもや自分だけが連れ出され、またどこかへ閉じ込められるのではないか。そういう不安との戦いでもあった。

そうやってひたすら西に移動して、ようやく馬車が止まる。最初は次の宿に着いたのかと眉間に皺を寄せたが、馬車から降ろされ目の前に広がる不思議な建物に目を瞬かせた。雑誌の挿絵で見たことがある。白い石造りの、二階建ての大きな洋館だった。青々と茂る庭園があり、池もある。

「……蔵宜の家が十戸は入りそうだな」

今までのように、軍人に脇を固められて移動する、ということはないらしい。ならば、目的地に着いたのだ。

その場で呆然と洋館を見上げていると、音も無く黎人がやってくる。

「長旅、ご苦労だったな。さぞ尻と腰が痛かっただろう。私もいささか疲れた」

疲労など全く感じさせない顔で平然と言い放つ。じろじろと訝しげに眺めてから、その冷めた顔に指を突き付けた。

「一度も顔を見せなかったな。わたしだけが、どこかへ連れて行かれているのかと思ったぞ」

「色々とやることが多い身でね。構ってやれなくてすまない。そもそも、私は嫌われていると思っていたが？」

「そうだ！　蔵宜に刃を向けたこと、忘れはせぬからな！」

　さらにずいずいと指を突き付けるも、黎人は無感情な様子だ。

「すまなかった。私はなんとしてでも、きみを連れ帰らねばならなかったんだ。手段を選んでいる時間はない。気を悪くしたのなら謝罪する」

「命令だからか。誰かに言われたから、わたしを連れ出したのか」

「上官には絶対的に従う。それが軍人だ」

　端的で事務的な返事だ。この男には感情というものがないのだろうか。そもそも軍人なんて、自分を捕まえて家に封じ込めた連中である。黒服の人間は、誰も彼も心なんて持っていないのだ。だからこんな……ひどいと言い放った醜悪な自分を嫁に、なんて平然と言い出すのだろう。実に変わった生きものだ。

　むっつりと黙り込んでいると、黎人は涼しい顔でこう言い放った。

「なにがご不満かな、姫」

「姫!?　おまえがわたしを姫と呼ぶのか!?」

「空亡が百鬼の王なら、きみは姫だろう。あの家鳴もそう呼んでいた。どうせなら仲良くなりたいものだ。私のことも『おまえ』ではなく名前で呼んでほしいが」

「誰が呼ぶものか！」

「残念だ」

さして残念そうにも見えない顔で、またも言い放つ。

「きみにはできるだけ、不自由のない生活を与えてあげたいと思っている。すでにこの屋敷には、きみに合わせた荷物を運ばせている。足りないようなら言ってくれ。善処する」

「足りないものなどわからんし……ここに住むのか？　城のようではないか。持て余すに決まっておる」

「ここは私が特佐を拝命した時にもらった屋敷でね。とはいえ、私は軍本部に詰めているから、あまり使わないのだが。今後は極力帰るようにする。しかし残念ながら、ふたりきりというわけではない」

「なに？　どういう――」

どうやら黎人はあまり人の話を聞かない質らしい。こちらの言い分もたいして聞かずに、どんどん屋敷の中に入ってしまう。きょろきょろと見回すと、警護の軍人は忙しそうに動き回っている。花燐の行動を咎める様子はない。仕方がないので、黎人の後ろを小走りに追いかけた。

邸内に入ると、最初に目に入ったのは吹き抜けのある飾り気のない広間だ。華美な装飾も調度品もない。彼の言うとおりあまり使われていないのだろう。しかし生活感はないものの、掃除は行き届いているらしい。塵ひとつなかった。

「おおー……城だ！　西洋の城とはこういうものなのだな！」

帝都では積極的に西洋文化を取り入れていると雑誌にあった。王や貴族が住むのだという。なるほどと唸って、花燐は顎に手をやった。

「わたしが思うに……西洋で城を買って持ってきたのだろう。船というものはなんでも乗せられると書いてあったからな。庭も池もこの城も、丸ごと運んできたんだな？」

「そういう場合もあるらしいが、さすがに池は乗らないな。……どこで得た知識だ？」

「本に書いてあったぞ。雑誌にも小説にも絵があるしな。こう見えてもわたしは、色々と知っているんだ」

　黎人も知らない知識を披露して満足げに胸を反らしたが、彼は「ふむ」とひとつ唸る。

「……そうか。そういう感じなのか」

　なにかを納得したようにぶつぶつと呟くそばで、花燐は少しばかり居心地が悪くなる。見事な木目の艶が浮く床に反して、自分の姿はとても汚らしかったからだ。ぼろぼろの草履（ぞうり）は今にも壊れそうだし、砂も土もついているので床を汚してしまう。ほとんど着の身着のままで連れてこられたのだ。曇りのない西洋の城に対して、自分は異物なのだと知らしめるようだった。

　急に消沈して立ち尽くしていると、屋敷の奥から足音が聞こえてきた。無駄のない動きで広間にやってきたのは、花燐と同い年ほどの少年と少女である。ふたりは黎人の姿を見て、速やかに敬礼の姿勢をとった。

「特佐！　邸内の掃除と手入れ、済ませておきました！」

「食料の搬入も順調です！　籠城も可能かと！」

　同い年と思っても、あの黒服の軍人である。思わず顔を強張らせるが、相手も同じらしい。花燐の姿をまじまじと眺めてから、口の中で悲鳴を飲み込んだ様子だった。

　やはり人間は、混血であっても妖怪を見るのは嫌らしい。どこへ行っても、どうせこうなのだ。諦めにも似た気持ちでいると、少女の方が盛大な声を上げた。

「特佐！　女の子をこんな格好で連れ回したんですか!?　それでも軍の幹部ですか！　紳士が聞いて呆れます！」

「確かに私の落ち度だ。とはいえ、一刻も早くここへ連れてくるのが先決だと判断した。すまないが、あとを頼む」

　淡々と告げる黎人に対し、少女はなぜか奮起したらしい。鼻息も荒く再度敬礼をする。なにやら様子がおかしくてぼんやりと眺めていると、少女はいきなりこちらの手を取り、力強く握ってぶんぶんと振るのだ。赤みがかった濃い茶色の髪を三つ編みにして、頭の後ろでくるりと団子にしている。ずいぶんと快活そうな印象だった。

「初めまして、花燐様！　私は赤羽寧々准特士です！　花燐様の護衛と身の回りのお世話を担当します！」

「花燐……様？」

　蔵宜でもあるまいし、なぜそんな大仰に呼ぶのだろう。妖怪が触った近づいたと大騒ぎするような人間が、手を取るなんて。怪訝に思って眉根を寄せると、今度は黒髪を切り揃えた少年が、こちらに向かって姿勢を正す。

「自分は北条草一郎(ほうじょうそういちろう)准特士です。実戦経験はありませんが、花燐様の護衛を任されております」

　言わんとしていることがわからず、黎人の紫の瞳を見上げた。

「私の隊の新人だ。経験は浅いがきみと年が近いので、護衛と屋敷の警護にあたってもらう。話し相手でも庭師でも、使用人代わりに使ってくれ。他にも何人か常駐するが、主に屋敷の外にいる。気にしないでくれ」

「自分のことは自分でやる。大体、使用人を使うような身分じゃないぞ」

「そうも言っていられなくなる。慣れてくれ。屋敷と庭程度なら構わないが、それより外に出る時は必ず護衛がつく。きみがひとりで行動することはない」

「……わたしを常に監視するということか」

「護衛だ。あいにく護衛なしで姫君を住まわせられるほど、私は豪胆(ごうたん)ではないのでね」

　突き付けられた状況に俯(うつむ)くと、その手を寧々が引いた。

「特佐、前を失礼します！」

　言うなり、引きずるようにどこかへ連れて行かれる。覚えがあった。五歳の頃、蔵宜の武家屋敷に放り込まれた時と同じだ。血の気が引いて、体が強張る。喉の奥で細く息をして、悲鳴も言葉も出なかった。

　そして放り込まれたのは小さな個室。タイルが貼られた部屋に、白くて大きな陶器の入れものがあった。湯がたっぷりと入っている。知っている、浴槽というやつだ。

「花燐様、失礼します！　本当に失礼します！」

何重にも断りを入れてから、寧々は花燐の継ぎ接ぎの着物に手を掛けた。

「ん？」

そこからの寧々の仕事は速かった。あっという間に着物を脱がされ、浴槽に落とされる。石鹸（せっけん）で体中を洗われて、ふかふかの手ぬぐいで丁寧に拭かれた。

そしてまた別の部屋に連れて行かれると、大きな簞笥（たんす）からいくつも着物を取り出して、真剣な顔で吟味を始める。

「花燐様は肌がお白いので……濃いめの色がいいかしら。帯は……いや、もしや洋装がお好み？」

ぶつぶつと呟いて、こちらを振り返る。

「なにかご希望はありますか？」

「希望？」

「着る服です」

ほかほかと温まった体に肌襦袢（はだじゅばん）を着せられた花燐は、ただ目を丸くするばかりだった。てっきり着古した着物を投げて寄越され、自分でちくちくと繕うものだと思っていた。それなのに、寧々が取り出した着物のなんと美しいことか。

「……おまえはわたしが怖くないのか？　醜く汚いと思わないのか？」

人間とは……特に軍人とはそういう生きもののはずだ。しかし寧々は一瞬だけきょとんとして、すぐに柔らかに笑う。

「怖くありませんよ。少し、私の話をいいですか？」

「長旅でお疲れでしょうから、動きやすいものがよろしいですね」と言い、彼女は青空の色をした着物を手にした。

「私の実家、猫を飼っていたんです」

「猫？」

「虎吉という名の、茶虎の大きな雄でした。私が生まれる前からいて、お兄ちゃんみたいな存在でした。なにをするにもずっと一緒で、仲良しだったんです」

寧々は手にした着物を、花燐にそっと着せてくれた。

「虎吉はとても長生きだったんです。でも二十歳を越えた頃、ご飯も食べなくなって動けなくなって……私は付きっきりで看病しました。いつ死んでしまうかもわからない毎日でも、なんとか水を飲ませてやって……でもある日、虎吉が立ったんです。こう……二本足で」

言って寧々は、猫の真似をして手を丸くして見せた。

「よく見ると尻尾が二本になってるじゃないですか。びっくりしてる私に、虎吉がしゃべったんです。『みんなが大事にしてくれたから、俺は猫又になったんだにゃ』って」

「猫又……普通の猫が妖怪になったのか」

「はい。私の実家は帝都よりちょっと東の小さな街にあるんです。当然、人間の住む街ですから、妖怪と仲良くしようなんて人はいません。私も親から、妖怪は悪いものだと聞かされて育ったし、見たこともありませんでした。でもまさか……飼っている猫が妖怪になるなんて」

小さく笑って、寧々は藍色の帯と菜の花の色をした帯を見比べる。

「虎吉は西に行くと言いました。妖怪の住む西に行くんだって。私は止めました。ずっと一緒に居たかったし、離れるのは寂しかったから。でも人間と妖怪が仲良く暮らすのは、やっぱり難しいんです。結局虎吉は、私にだけ妖怪になったことを話して、西に行ってしまいました」

菜の花の帯を締めてもらいながら、花燐は「そうか」と呟いた。

「最後まで、虎吉は私の心配をしてましたよ。ちゃんとご飯を食べるんだぞ、俺が起こさなくても朝はひとりで起きるんだぞって。みんなは妖怪を悪者にするけど、虎吉は私の優しいお兄ちゃんでした。別れ際に約束したんです。またいつか会おうねって。だから私、妖怪は怖くないんです」

出来映えに満足そうに微笑んで、寧々は結んだ帯を軽く叩く。

「しばらくして、私は軍に入りました。妖怪と関わる陰陽軍にいれば、優しい妖怪を助けてあげられると思って。都築特佐の部隊はちょっと変わっていて、私みたいな人間が多く配属されています。特佐があちこちから引き抜いて、自分の隊に入れてるんです。いつか人間と妖怪が仲良く暮らせるようになるといいなと思っていましたが、ここにきて急展開です。なんと都築特佐が妖怪の姫君と結婚すると言うじゃないですか。上からの命令だろうと私は賛成です！　応援しています！　できるならば東西統一して、また虎吉と暮らしたいです！」

目を輝かせる寧々をしばし見やって、ようやく花燐は胸の底から息をした。

「軍の中にもおまえみたいな人間がいるのだな」

「だからと言って、花燐様に我慢はしてほしくありませんよ。やっぱり女子の夢は、素敵な旦那様ですから！　都築特佐は……ちょっと変わり者ですけど、心根はお優しい方なんです。できれば仲睦まじく健やかに暮らしていただきたいです。ですが帝都をひとりで出歩くのは危険ですからね。残念ながら、妖怪を打ち据えようなんて不届きな輩もいるんですよ。でも行きたい所があればおっしゃってくださいね。がっちりばっちりお守りしますので！」

鼻息も荒く拳を上げるので、ようやく花燐は目元を緩ませた。どうやらあの寒村とは様子が違うらしい。少なくとも寧々には、好意的に迎えられている。

汚れたぼろぼろの草履の代わりに、彼女は履きやすそうな革の草履を揃えて置いた。鼻緒に花の刺繍がしてあり、高価なものだとわかる。おそるおそるそれを履いてみると、寧々は嬉しそうに大きく頷いた。

「それにしても許せません！　ちゃんと食べていらっしゃらなかったでしょう？　手も筋張ってるし、肌も青くて……。ああ、髪も揃えましょうね。もうぱさぱさで見ていられません！　花燐様にこんな仕打ちをしたやつ全員に、特大の罰が当たればいいのに！」

「断固許すまじ！」と叫んで鋏(はさみ)を持ちだしてくる。椅子に座らされ、慣れた手つきでしゃきんしゃきんと髪を切られた。はらはらと髪が落ちると同時に、なぜか体が軽くなる気がした。ここに居てもいいんだと言われているようで。目の奥が熱くなって、涙が零れそうだった。唇を噛んでそれに耐えながら、花燐は絞り出すように口を開く。

「すまぬな……。これから世話になる、寧々」

＊＊＊

身綺麗になった花燐には、満足な食事が与えられた。なんという料理かはよく知らないが、白い米とたくさんの肉と野菜だった。目を輝かせて口の中に放り込む。

黎人は同席していた。相変わらずの無表情で、時折こちらの様子を眺めては小さく頷いている。やはり、なにを考えているのかはよくわからない。ひたすらに食事をかき込むことに執心していたので、会話はなかった。その代わり、寧々と草一郎が賑やかだった。まるで蔵宜のようだと目尻を下げると、また黎人が頷いていた。なにに納得したのだろうか。

花燐には自室も与えられた。洋風の室内には高価そうな寝台と机があり、思わずたじろいだ。大きな姿見があったので、その前に立ってみる。くっきりと映る自分の姿をしばらく眺めて、二本の角に触った。

「人間にしてみれば異形だろうよ」

寧々がいくら妖怪に気を許すと言っても、似て非なるものだ。いつか愛想を尽かすかもしれない。それが怖かった。

重く息を吐いた頃、ドアが軽くノックされる。返事をすると入ってきたのは黎人だった。

軍服を脱ぐ様子がないのは、今もまだ仕事中だという意識の表れなのか。

「少しは落ち着いただろうか」

低い声で尋ねられ、紫の目を見上げる。

「よくしてもらっておる。わたしには過ぎた待遇だ」

「私の……軍幹部の妻になるということは、これくらいで分相応なんだ。これまでと勝手が違うだろうが、慣れてくれ。あの武家屋敷よりはましだと保証しよう」

「……うん」

無意識に角を触る。自分は妖怪の父を持ち、異形の角を持つ小娘だ。黎人がひどいと言う、醜悪な妖怪である。いつまでもこんな厚遇が続くとは思えなかった。浮かれてしまえば、見限られた時に辛い。

「どうした。なにが不安だ？」

こちらの心の内を覗いたように問われた。

「……わたしの角は不幸と災いを呼ぶ百鬼の角だ。わたしをここに置いておくと、不吉なことが起こるぞ」

「これまでに、なにかあったのか？」

「わたしを世話する人間が口々に言っていた。台風が来るのも、稲が育たないのも、病気で村人が死ぬのも、わたしのせいだと。わたしの角が悪いものを運んでくるんだ。わたしをここに置いておくと、よくないことが起こる」

「それはない」

淡々と、でもはっきりと言う。それでも花燐は唇を嚙みしめた。

「わたしなど、早めに捨てておけ。そんなに大事にされても……わたしにはなにもできんぞ。呼んで誰が来るわけでもないし、父様のように炎を生み風を起こし、稲妻を呼べるわけでもない」

「そんなことは期待していない」

「……わたしにはできることがない。優しくされても、応える術など持っておらんのだ」

「花燐」

初めて名を呼ばれて、はっと顔を上げる。見ると黎人は片膝をついて、跪くではないか。

いつか雑誌で見た、西洋の騎士のように。

「台風が来るのは、自然の摂理だ。稲が不作なのもそうだ。病死する人間がいるのなら、その者の寿命だ。自分たちの都合の悪いことを全部、きみに押しつけてきた愚かな人間の言い訳だ。百鬼の角は妖怪を呼ぶ。それはきみの父親が妖怪を統べる立場だったからだ。災いを呼ぶなど、空亡を怖れた阿呆どもの戯れ言だ。本気にしなくていい」

「だが……」

「なら証明してみせよう。私と共に居て、果たして災いがやってくるのか。決してこないと、私は断言する」

「…………」

唖然（あぜん）と黎人を見つめる。その紫の双眸（そうぼう）には真摯（しんし）な光が灯っていた。

「優しくされて怖いか？　今までこんな扱いを受けたことがなかったんだろう。優しくされた見返りになにかをしなくてはと、気負ってしまうのか」

「……恐ろしいのだ。わたしにはなにもできないのに、そんなに大事にされてしまっては怖くなる。おまえたちが望む役割など、わたしにはできない」

「私がきみに期待することなど、さほど大きくはない。そばに居て、時折笑顔を見せてくれればそれでいいんだ」

「笑顔……」

「欲しいものや、見たいもの、行きたい場所はないか。どうすればきみが喜ぶかを知りたい」

　問われても、そんなことを考えたことがない。欲しがっても手に入らないし、どこにも行けない。あの武家屋敷で生きて死ぬのだと思っていたから。なにもかも諦めていたのだ。

ああでも――。

「……蔵宜といつも話していた。帝都では大層流行っているものがあると。差し入れられる本や雑誌は、いつもその話題で持ちきりだったのだ。誰もが目を輝かせて、欲しくて焦がれておるらしい。わたしもそれが見てみたい」

「さて、そんなものがあったかな？」

眉間に皺を寄せ、黎人はなにか考える素振りをする。

「それをな、皆は恋と呼んでおった。恋のためにはどんなに辛くとも我慢できたり、幸せになったりするそうだ。とてもとても好きなことを指すのだろう？　わたしはな、葱も芋も好きだぞ。さっき食べた食事も好きだ。これも恋なのだ。流行っておるのだろう？　ぜひ見てみたい」

「恋……」

「きっとどこかでたくさん売っているのだ。蔵宜と話しててな、おそらく目立つところに鎮座しているのだと思っておる。皆がそれを持っているのだ。おまえは持っておらぬのか？」

黎人が珍しく、わずかに目を丸くした。そしてしばし眉根を寄せてから、訳知り顔で大きく頷く。

「約束しよう。きみに必ず恋を見せると。しかしそれは、とても面妖(めんよう)なものなんだ。目に見えたり見えなかったりする。さてどこに売っていたかな？」

「ほう」

「少なくとも、私と居れば必ず見られるだろう。私のそばに居れば、だ」

「なんとも妙ちきりんなものだな。わかった。それが見られるまではここに留まらせてくれ。蔵宜と約束したのだ。必ずこの目で見て、話をしようと」

「そうだな。そもそも、これはそういう取り引きだ」

「わかっておる」

そう言うと、わかりにくいが黎人は満足そうに小さく笑った気がした。そして花燐の手を恭しく取ると、その甲に唇を押しつける。

「？」

「おやすみ、花燐」

それだけ低く告げると、彼は音もなく部屋を出て行ってしまう。

ぽつんと残されて、花燐は自分の手を眺めた。息が触れた箇所が、なぜか熱い。

途端にじわじわと体温が上がり、顔から汗が噴き出そうになった。今自分はなにをされたのか。なにかで読んだ記憶が蘇り、はっと目を見開く。

「……口付けか。今のはまさか、口付けか!?」

愛だ恋だと大騒ぎする小説で読んだ。好きな人間にするものだ。決して嫌いな相手にすることではない。それはつまり、黎人は自分のことが好きなのだろうか。

「いや待て。あの男は仕事でわたしと結婚するのだぞ。他人に言われてそうするのだぞ。わたしのことなど、微塵(みじん)でも好きなものか。なによりわたしは、醜悪な妖怪で……」

とても人間に好かれるような存在ではないのだ。好きというなら、それは恋なのだろうか。しかし黎人のどこにも、それらしいものは見当たらなかった。でも口付けとは確かに、恋の片鱗なのだ。そこにあったはずなのに、見つけられなかった。なんと未熟なことか。

慌ててきょろきょろと辺りを見回し、初めて見る寝台におっかなびっくり飛び込んだ。ふわふわの布団を被って、どきどきと高鳴る心臓を抑える。こんなに感情が動いたことなど極めて稀だ。そういえば蔵宜が言っていた。感情が強く動くことを恋だと。ではこれは恋に違いない。

「いや待て。なにかを好きなことが恋なのだ。わたしはあの男が好きではないから、これは恋ではない！　ではあの男はわたしのことが好きなのか？」

好かれているかもしれない、そう思った途端に全身にじわりと汗をかく。なぜなのか。でも黎人は仕事だと言った。取り引きなのだ。お互いの利害が一致しただけの、契約である。あの男は、花燐を利用したいのだ。

そのはずなのに、言っていることとやっていることが、まるでちぐはぐなのだ。

「蔵宜ー！　わからんぞ！　あの男がさっぱりわからん！」

＊＊＊

「都築特佐がわからない、ですか？」

じゃがいもの皮を剥いていた手を止め、寧々が聞き返してくる。豪華な寝台で柔らかい布団に包まれ、花燐は昼近くまで熟睡してしまった。慌てて起き出した頃には、すでに黎人は軍本部へと発ったあとで、寧々と草一郎に敬礼で迎えられた。

　この洋館にはいわゆる女中や下男はいない。食事の支度は准特士の仕事なのだと、彼女たちは台所へ向かう。

「わたしにできることはないが……じゃがいもの皮を剝くくらいはできる」

　ここに置かせてもらうのだ。どんなに些細でもできることを探してみたい。そう説得して、寧々たちに混ざって一緒にじゃがいもの皮を剝いているのだった。

「なにを考えておるのかさっぱりわからん。いつも無表情で、感情がないのかもしれん」

「特佐は……うーん……確かになにを考えているかよくわからないですよね。私も配属されたばかりで、噂程度しか知らないですし」

　寧々が考える様子を見せると、隣の草一郎が芋を剝いていた包丁を振った。

「都築特佐の考えてることが読めるのは……麻宮上級特尉くらいじゃないかな？」

「誰だ？」

「特佐の副官で、眼鏡をかけた悪魔みたいな人がいるんですよ」

「眼鏡の悪魔？」

「いつもにこにこしてるけど、すっごい腹黒で嗜虐的で予算にうるさくて人の弱みをほじくるのが好きな上官なんですが……」

「草一郎……あんた死ぬよ」

ぼそりと呟いた寧々の言葉に、草一郎は表情を凍り付かせる。

「僕が言ったって黙ってて下さい！　もう最高の上官です！　一生ついていきます！」

花燐は「ほう」と相槌を打つ。すると寧々は芋を剝く手を動かしながら、小さく笑った。

「私は特佐の隊に配属されて嬉しかったわ。陰陽軍って大きい組織でいくつも部隊があるんですけど、特佐の隊は特に死傷者が少ないんです。他の隊は、上官の無茶な作戦に従って亡くなる兵士も多いですから」

「そうそう。特佐は部下を大事にする人で有名なんです。僕たちみたいな下級兵士なんて使い捨てにする上官も結構いるんですが、都築特佐はなんていうか……僕たちを尊重してくれるんです」

「あの男が……部下を大事に？」

「はい。ひとりひとりの名前も全部覚えてくれますし。私みたいな新入りに、花燐様の護衛という重要な任務も任せてくれますしね」

目を細めて嬉しそうに語る寧々に、花燐はむっと唇を尖らせた。

「その『花燐様』というの、どうにかならないか？　年も同じだろうし……そんな大層な身分じゃないぞ」

「いえ！　特佐の奥方になられる方ですからね。上官と同等に扱うのが規則です。これを破れば規則違反です。懲罰が待っています」

「それは大変だ」

軍に所属する人間にとって、規則はなによりも重視されるらしい。不服があっても上官の命令には絶対に従わなければならない。たとえ死ねと言われても、命令は遵守されるということだ。

花燐にはいささか理解しにくいものだったが、少なくとも黎人は部下に慕われているらしい。あの仏頂面が意外である。

だが黎人にしてみても、花燐と結婚しろ、という上官の命令は絶対なのだろう。どんなに異存があっても意に添わなくても、彼はきっと従うのだ。

それを考えると、花燐の心中も穏やかではない。やはりどうあっても、この婚約は仕事なのだ。他意はないのだろう。

なぜか消沈している隣では、寧々と草一郎がなにやら盛り上がっている。

「僕、都築特佐の伝説はいろいろと聞いてますよ。元々諜報部の出身で、どんな仕事も完璧にこなすって」

「あ、私も聞いたことあるわ。麻宮特尉といつも一緒に活動してて、どんな情報だって絶対手に入れるらしいの。時には空を飛んで、海に潜って、敵との銃撃戦をも生き抜いてきたって。諜報部の功績を評価されて特佐に抜擢されたとか……獲物を静かに駆り立てる狼って言われてたとか！」

「諜報部の黒狼でしょ？　僕、憧れるなー。そんな八面六臂（はちめんろっぴ）の活躍してみたい！」

花燐はぼんやり想像してみる。あの無愛想が空を飛んだり戦ったり。

「あの男、本当は妖怪じゃないのか？」

「ちゃんと人間ですよ。諜報部は私には無理だけど、特佐の下で経験を積んで一日でも早く役に立ちたいわ」

「それは光栄だな」

突如、背後から響いてきた低い声に、花燐たちは揃って悲鳴を上げた。花燐が振り向くと、いつの間にか黎人が腕を組んで戸口に寄りかかっている。

「と、特佐！　いつお戻りで⁉」

「も、申し訳ありません！　気がつきませんで！」

寧々と草一郎はじゃがいもを放り投げ、慌てて身支度を整える。気配なく突如現れた黎人に、花燐も心臓がばくばくと早鐘を打っていた。

「は、早かったな。もう帰ってきたのか」

「今後の予定を伝えに来ただけだ。すぐに本部に戻る」

「予定？」

「一週間後、郊外の元帥閣下の屋敷で夜会がある。軍の幹部が集まる場で、婚約を公にするのだが、花燐も同席してくれ。以上だ」

「夜会とは……人間が集まって飲み食いする宴会だろう。知ってるぞ。皆で神輿（みこし）を担ぐんだ」

「祭りと混ざっているな」

「ふむ」と唸る黎人の目の前で、寧々が勢いよく手を挙げる。

「特佐！　ドレスコードは！　ドレスコードはどうなっていますか!?」

「厳密には決まっていないが、失礼でなければいいだろう。和装なら白襟紋付か」

「洋装で！　洋装でいきましょう！　花燐様にドレスを！　花燐様も洋装がいいですよね！　ね！　なにかあったら大変ですから、動きやすい方がいいですよね！」

大声で捲し立てたかと思えば、ぎゅうと抱きつかれる。

「んん、よくわからんが、寧々の好きにするといいぞ」

「了解です！」

力強く頬ずりをするので目を回していると、こちらの様子を涼しい顔で眺めていた黎人が小さく首を傾げた。

「親睦を深めていて大変結構だが、私も仲間に入れてもらいたいものだな。せめて名前で呼んでほしい」

「………」

「そんなに嫌そうな顔をされると悲しくなる。私の小さな心は張り裂けそうだよ」

無表情でしゃあしゃあと言い放ってから、黎人はさっさと台所から出て行ってしまった。言っていたとおり、また本部へ戻るのだろう。

残された三人は顔を見合わせて、揃って首を捻った。

「ほら、よくわからんだろう？」

「冗談を言うタイプには見えないですけどね」

「じゃ、本気ってことなの？」

ひとしきり唸ってから、三人はじゃがいもを剝く作業を再開する。

「大丈夫ですよ、花燐様。特佐に任せておけば万事解決です」

「そうですよ。あとで仕立屋さんを呼びましょうね。ドレスの採寸をしましょう」

草一郎も寧々もそう言うが、いまいち信用ができない。黎人は自分を利用しようと言っているのだ。上からの命令で、平和のための礎になれと。

草一郎と寧々に囲まれて、少しだけ楽しくなった気持ちが沈む。どこに居ても、本当の意味での自由はないのだ。今後のことを思うと、暗鬱とした気分は晴れることはない。

＊＊＊

一週間後、夜会の時分まで黎人はほとんど邸宅に戻ってこなかった。どうやら大きな仕事を抱えているらしく、軍本部と各地の基地を行き来していると寧々は言っていた。

寧々が呼んだ仕立屋が採寸に訪れ、やがて発注したドレスができあがったが、黎人がそれを見る時間はなかった。部屋の姿見の前で試着すると、それは思ったより体にぴったりと合った。桜色のバッスルドレス。ひらひらとしたフリルが動く度に揺れて、大層華やかなものである。胸元はリボンと大きな薔薇(ばら)を用い、帽子にも惜しみなくそれらが飾られていた。肘の上まである黒い手袋をして、ドレスの裾を摑んで持ち上げる。そうやって挨拶するのだと寧々に叩き込まれた。

そして夜会当日。ようやく屋敷から外へ出ることができたが、向かう先にはこれまで以上に軍人が多くいるだろう。夜会へと向かう馬車の中で、花燐は体を強張らせていた。

また捕まえられたりしないだろうか。理不尽な扱いを受けないだろうか。数えればきりがない。不安な気持ちに沈んでいた時、揺れていた馬車が止まり、ドアを寧々が開けてくれた。

「花燐様、到着しました」

草一郎と寧々を伴い馬車を降りると、目の前には大きな邸宅がそびえていた。まだ完全に日は暮れていないが、すでに大勢の人が集まってきている。そのほとんどが黒服の制服に身を包んだ軍人だった。おそらく夜会に招待された客なのだろう。招かれた彼らの胸には、きらびやかな勲章が輝いている。周囲を見回す花燐に、寧々がこっそりと耳打ちしてくれた。

「各地から軍の要人が集まっています。花燐様見たさにやってきてる軍人も多いですが、適当にあしらって下さいね」

「適当とは……どうすればいいのかわからんぞ」

「にこにこしていれば大丈夫です」

言われて花燐は、自分の頬を指で持ち上げた。にこにことは、これでいいのだろうか。必死に笑顔を作っていると。寧々も草一郎も心得たように頷いた。

そうやっている端から、視界のあちこちから視線を感じる。年若い警備の軍人も、老齢の要人も、花燐の角を見てはこそこそとなにかを話していた。

異形を見る目だ。あの武家屋敷で嫌と言うほど知っている、妖怪を敵視する目である。途端に周囲のざわめきが全て、花燐に対する悪意に感じられた。

「あれが噂の……」

「聞いていたとおりの鬼だな」

「空亡の娘と言うのは本当か？」

「よくもまあ、妖怪と婚約など」

会話の端々から、嫌でも漏れ聞こえてくる。途端に花燐の笑顔は消えて、体が小さく縮こまる。まるであの雪の日、寒村で村人に取り囲まれたことを思い出す。本当なら走って逃げてしまいたかった。しかしこれだけの軍人がいる中で逃げても、即刻捕まるのは明白である。

悪意と敵意の塊に気圧(けお)されそうになった頃、聞き慣れた低い声が耳に触れた。

「予定どおりの到着だ。ご足労、痛み入る」

振り向くと、黎人が気配もなく立っている。なぜかほっとして、眉尻を下げた。少し様子が違うのは正装だからだろうか。漆黒の軍服に、花を象(かたど)った金属の勲章がいくつも輝い

一瞥する。寧々たちが敬礼の姿勢をとっている中、視線に気付いた黎人は自らの胸の勲章を

ていた。

「私の蛮行の証拠だ」

「それは褒められることをしたから、貰うものではないのか？」

「妖怪を殺せば殺すほど褒められる。それが軍の在り方だが、私ははなはだ疑問でね。ど

うせなら救った数を讃えるべきだと常々思う」

彼は勲章は名誉ではないと言う。敵対する妖怪の討伐は、軍にとって正義のはずだ。黎

人はそれを否定するのだろうか。

「ではなぜ、おまえは軍にいるんだ？」

「……失言だったな。今のは聞かなかったことにしてくれ」

眉間に皺を寄せて呟いてから、黎人は思い出したように紫の目を細めた。花燐の全身を

眺め、彼は満足そうに頷く。

「似合っている」

率直に告げられて、思わずはにかんだ。

「寧々がな……いろいろ用意してくれたんだ。朝から大変だったんだぞ。着付けだ化粧だ

と大騒ぎだ」

「とても綺麗だ」

至極真面目な顔でもう一度頷く。嘘を言っているようには思えない。では本心なのだろ

うか。だとすればなんとも恥ずかしい。急に顔が熱くなって、茹だってしまいそうだ。

「これは都築特佐、ずいぶんとご無沙汰だ。そちらが例の鬼の娘かね？」

不意に横から声を掛けられる。見ると黎人よりもずいぶんと年上の軍人だった。勲章も多く、黎人よりも階級は上だろう。

じろじろと値踏みするような、不躾な目を向けられる。黎人は臆することなく背筋を伸ばしたまま、さり気なくこちらを背に庇った。

「これは猪熊二級特佐。私のような若輩者には過ぎた女性ですが、精一杯務めさせていただきます」

「正気かね？　全くきみは貪欲だよ。出世するためには手段を選ばないらしいな。戦場で屍肉を漁る野犬のようだ。実にあさましいね」

「誰かがこの役をやらねばならないのです。それがたまたま私だった、それだけのことです」

「無能者ほど運はいいものだ。そうやって有能な人間とバランスが取れるからな」

平然と言い放つ黎人に、この軍人は舌打ちをしたようだった。ちくちくと嫌みのこもった言葉である。黎人がよく思われていないことは花燐にもわかった。なぜかむっとして言い返してやろうかと口を開きかけた時だった。

「猪熊特佐、そこまでにしてください」

凜とした女性の声だった。見ると、濃い灰色の長い髪を下ろした、切れ長の目の女性軍人である。二十代後半ほどだろうか。猪熊と呼ばれた男はそれを見て、確かに息を呑んだ。

「……雨宮一級特佐」

「いざこざはご遠慮願いますよ。本日は祝賀会なのですから」

「は……」

よくよく見ると、猪熊の目は女性の背後に向いていた。目を向けると、皺を刻んだ年嵩の軍人が立っている。嫌みを言った軍人は大仰に敬礼し、そそくさとその場をあとにした。寧々と草一郎がそっと舌を出して見送っているのを確認しながら、花燐は年嵩の軍人を見上げる。

五十代に差し掛かった頃の、威厳のある強面の軍人だった。すかさず黎人は敬礼の形をとる。

「ご招待いただき感謝します。一条元帥」

「なに、今日はきみたちのお披露目が目的だよ。忙しいだろうが、楽しんでくれたまえ」

元帥と聞いて、無意識に黎人の軍服の裾を握った。

事前に寧々から聞いている。対妖怪である陰陽軍で一番上の役職の人間だ。くれぐれも失礼のないようにと、言われている。隣の雨宮という女性軍人は、確か元帥の副官だったか。適当な台詞を探していると、黎人はよどみなく謝意を述べ始めた。

「お言葉、ありがたく承ります」

「今回の功績は見事なものだ。あの空亡のご息女を早々に口説いてくるとは。さっきのあれは気にするな。きみの武功に嫉妬する輩も多い。それだけ才覚に溢れているということだよ」

　すると一条は、こちらを見てにこりと破顔した。

「はじめまして、お嬢さん。お目にかかれて光栄だよ。今後とも、都築特佐をよろしく頼む」

「あ……はい」

「それにしても、きみの父上の件は悔やまれる。当時、私はまだ若造でね。上層部に意見できる立場ではなかった。なにかの間違いかとも思うが……なにぶん確たる証拠もないのだよ。罪滅ぼしというわけではないが、きみには都築特佐と頑張ってもらいたい。私も人間と妖怪の平和を願っているんだ。共に歩んでいこう」

　そう言って、人懐こい笑みを浮かべる。すっかり毒気を抜かれて、花燐は頷いた。

「わたしも……妖怪が穏やかに暮らせるようにしたい」

「そうだとも。良い妖怪が安心して暮らせる世にしようじゃないか。では諸君、先に失礼するよ」

　寧々と草一郎にもしっかりと目を合わせてから、一条はたくさんの部下を伴って行ってしまう。さすがに緊張したのか、あちこちからため息が零れていた。

　花燐も呆然と一条の後ろ姿を眺めてから、黎人を見上げた。

「あんな人間もいるんだな」

「きみとの婚約を進言したのは私だ。一条元帥なら頷くだろうと思ったからな。恨むなら私を恨んでくれ」

「元帥に言われたからじゃないのか？」

「私の案を一考して正式な命令を出したのは閣下だ。上からの命令であることには間違いないな」

「そういうものなのか？」

軍人の世界はよくわからない。ややこしくて顔を顰めていると、黎人はぽんと花燐の頭に大きな手を置いた。

「さて、これから忙しいぞ。邸内へ入れば逃げ場はない。先程のように露骨に悪意を向けてくる人間も多いだろう。きみとの婚約を発表し、私の昇進式もある。無事に切り抜けようじゃないか」

「偉くなるのか？」

「少しだけな」

「わたしはどうすればいい？」

「ふんぞり返って偉そうにしていればいい。私が適当にごまかしてやるさ」

珍しく目を細めて笑うので、花燐もようやく目元を緩ませた。

＊　＊　＊

夜会は粛々と進行する。

元帥の邸内は、黎人の家よりもずっと広くて人間で溢れかえっていた。軍服の人間は遠巻きにこちらを見ていたが、色とりどりのドレスを着た貴婦人たちは、驚くほど素早く駆け寄ってくる。

「まあ、可愛らしいお嬢さんね。どこからいらっしゃったの？」

「西に住んでいたのかしら。どんなところなの？　暖かい場所と聞いたけど」

「ずっと西の方は海の色が違うのですってね？　本当かしら？」

「都築特佐とご結婚だなんて羨ましいわ。仲良くていらっしゃるの？」

矢継ぎ早に尋ねられ目を回してしまうが、代わりに黎人が堂々とそれに応じている。小一時間ほどあっちこっちと連れ回され、くたくたになって椅子に座っていると、どこからか寧々が飲みものを取ってきてくれた。

それを疲れた様子など微塵もない黎人が見下ろしてくる。

「大丈夫か？」

「なんとなくわかったぞ。ここに集まっている人間は、少し特別なんだな。なんというか、余裕がある」

「きみは聡くて助かる。今夜招待されているのは、軍の将校とそのご婦人方ばかりだ。将校という役職には爵位がつく」

「知っているぞ。華族というやつだ」

「そう。一般人と比べて身の安全も保障され、金もある。他者に対して余裕が生まれるのは必然かもしれないな。妖怪との諍いも、いささか別の世界の出来事だと思っている節もある」

「なら、おまえも華族なのか？」

「現在は子爵だが、きみとの婚約という功績で昇進だ。伯爵になる」

「ふぅん」と唸って手渡されたグラスに口をつける。なにやら酸っぱくて甘くて、しゅわしゅわする。びっくりしていると、寧々が素早く「レモネードです」と笑った。

「この華族という富裕層が厄介でな。きみの言ったとおり、自分たちは特別であるという自負がある。一般市民よりも優秀である、という謎の自信があるわけだ。それはつまり、妖怪よりも人間は……更には華族の方が優れているという選民思想に繋がる。結果、妖怪という存在は自分たちよりも格下で、支配と管理をしなければならない。そう主張する連中も多いんだ」

「妖怪を管理？」

「馬鹿げているだろう？　きみとの婚約もその一環だ。私に求められているのは、きみをうまく手懐けて、妖怪を導く資格を横から奪うことだ。思い上がりもはなはだしい」

思わず険しい目を黎人に向ける。しかし当の本人はあくまでも涼しい顔で、紫の目にどこか自嘲の色を浮かべていた。

「……おまえがそれをわたしに言うということは、する気がないんだな。そもそもわたしには、妖怪の先頭に立つ意思もないし術も知らない。おまえたちはただ単に、あの村からわたしを出しただけだ」

「それでもいいさ」

彼は独り言のように呟く。どういうことかと問おうとした、その時だった。

どこからか悲鳴が上がった。間を置かず、広間の窓ガラスが派手に割れて、赤黒い生きものが飛び込んでくる。長い手足を持った大きな猿の妖怪だった。

「猩々(しょうじょう)か！」

蔵宜に聞いたことがある。確か森に住む、聡明で器用な妖怪だ。長い赤毛に包まれた人間ほどの大きさで、とても争いを嫌うのだと。

花燐が叫ぶよりも早く、黎人は動いていた。腰の刀に手をやり、雪崩(なだれ)のように押し寄せる人波の最中(さなか)で声を上げた。

「赤羽、北条、花燐を守れ！」

それだけを告げると走り出し、あちこちにいる自分の兵士に次々と指示を出す。要人を守れと、そう言っているようだった。

花燐は動けなかった。目の前で、妖怪が人間を襲っているのだ。本当にそんなことがあるのかと、目を疑ったのだ。人間は得てして妖怪を悪者にする。伝聞が脚色されて、そういうことにされているのだと思っていた。なぜなら、人間を襲う妖怪を見たことがなかったから。父も蔵宜も、そんなことはしない。そう信じていた。

しかし目の前で起ころうとしているのは、正に伝聞どおりの出来事だった。

「花燐様、こちらへ！」

「我々都築隊がいます！　安全な場所へ退避しましょう！」

寧々と草一郎が大きな声で呼び掛ける。腕を引かれて、無理矢理にその場から連れ出される。一際大きなざわめきが起こり、思わず振り返る。

人並みが割れ、猩々が天井近くまで飛び上がったのだ。シャンデリアを足場にして狙いを定めたらしい。大きく跳躍して向かったのは、一条元帥である。猩々の爪は鋭い。牛や馬など簡単に引き裂くと聞いたことがある。

そこに立ちはだかったのは黎人だった。刀を抜き、猩々の爪をはじき返す。返す刀で素早く一閃。猩々を一刀のもとに斬り伏せると、そのまま妖怪はぴくりとも動かなくなった。

たちまち邸内のあちこちから歓声が上がる。さすがは都築特佐だと讃える声と、目にものを見せてやったと妖怪を蔑視する声ばかりだった。

あっという間の出来事だった。ただ通り過ぎていく、日常の風景のひとつのような。

花燐が愕然と立ち尽くす中、賞賛の声を鎮めるように一条元帥が声を上げる。

「我が陰陽軍がいる限り、妖怪の悪事がのさばることはないだろう。しかし我々は知っている。理解し合える存在もあるのだと。都築特佐と空亡の血を引く鬼の婚約が良い例だろう。我々は蛮族ではない。手を取り合って進む道もあるのだと、都築特佐が示してくれるはずである。よって特佐の昇進と婚約をここに宣言するものである」

そして元帥はグラスを掲げて「乾杯」と大きな声で呼び掛けた。

運び出される猩々と怪我を負った人々、それが見えていないようにグラスを掲げ声を上げる人間たちを交互に見て、花燐の胸は冷えるばかりだった。

＊　＊　＊

そこからのことはよく覚えていない。いろいろな人間が入れ替わりにやってきて、黎人に賞賛と祝福の言葉を掛けていったようだった。寧々と草一郎が気を遣って、見たこともないご馳走を持ってきてくれたが、味などわからなかった。

やがて夜会が終わり、帰ろうかという最中だ。

「疲れているところを悪いが、いい機会だ。三人ともこっちへ」

黎人が寧々と草一郎、花燐を呼び寄せたのだ。顔を見合わせてついていくと、向かったのは敷地内の外れ。暗がりに天幕が張られ、軍服の青年が数人、見張りに立っていた。黎人が一言告げると、彼らは中へと通してくれる。

そこにあったのは、小さな檻に詰め込まれた猩々の遺体だった。黎人に斬られ、死んだのだ。どう考えても、人間を襲った妖怪が悪いだろう。余程の理由があればいざ知らず。

思わず目を伏せた花燐の隣で、草一郎は不思議そうに首を傾げた。

「こんな帝都のど真ん中で襲撃なんて……不自然ですね。今日の夜会の警備だって我々が担当しているはずです。邸内に侵入されるまで気付かないなんてありますか？」

「そうですよ。猩々が一匹で跳んできても、どこかの隊が捕捉するはずです。まさかなにもないところから、急に現れたわけでもないですし」

寧々も同じく疑問の声を上げる。すると黎人は静かに目を細めた。笑ったらしい。

「きみたちを引き抜いた私の目は間違っていないな。そうだ、これは意図的なものなんだ」

さすがに花燐も正気に戻る。

「どういうことだ？」

「陰陽軍とはいえ、一枚岩ではないということだよ。私の指揮下ではない隊もある。私の指示を聞かない兵士もいる。周囲は特佐などと持ち上げるが、陰陽軍全員を監視しているわけじゃない。どこかの隊が、兵士が……この猩々を見逃したんだ」

「猩々が襲ってくるのを黙って見ていたのか？」

「おそらくな」

人間を襲うとわかっていて、それを見過ごすなんて。いやそもそもだ。

「この猩々は元帥を狙ったのか？　殺そうとしたのか？　たまたま迷い込んだとか……混乱していたとか。なにか理由があるのかもしれなかったぞ。いや、理由があっても襲って良いということにはならんが」

「では本人に聞いてみるとしよう」

「なに？」

　黎人は涼しい顔で檻を開けると、猩々の赤い毛を掻き分ける。そしてなにかを見つけると、花燐たちを手招きした。訝しげに黎人の手元を覗いてみる。するとそこには、深々と刺さる細くて長い針があった。髪の毛ほどの細さで、淡く銀色に光っている。

「これをよく覚えておくんだ」

　そう言うと、黎人は針を抜く。途端に針は霧散して消えてしまった。不可思議な現象を目の当たりにして、三人は目を丸くした。

「人間には体中につぼがある。治療で鍼を刺したりするな。当然、妖怪にもある。体に良い部分もあれば悪い部分もある。悪いの最たるものがこれだ。逆鱗に触れる、という表現があるだろう。穏やかな龍の鱗の一枚、そこに触れると我を忘れて人を殺すほど怒るそうだが……妖怪にも逆鱗と呼ぶにふさわしい一点がある。そこに針を刺すと、我を忘れて暴れるらしい」

「そんな……。では誰かが針を刺したということか？　この猩々に」

　黎人は頷くと、ぺちぺちと猩々の頬を叩く。やがてなんと、猩々のまぶたが動いて目を開いたのだ。

「おまえが殺したのではないのか!?」

「私は刀を返して峰で打ち据えただけだ。斬ってはいない」

　平然と返しているそばで、猩々は意識を取り戻した。驚いて飛び起きて、その拍子に檻の縁にしたたかに頭を打ったようだ。頭を押さえて呻いている猩々に、黎人はなんの躊躇もなく声を掛ける。

「大丈夫か？　しばらくはこの中で我慢してくれ。遺体を処分するという名目で逃がしてやる」

　すると猩々は焦点の合った目で、ようやくこちらを見た。そして漆黒の軍服を見て、確かに口の中で悲鳴を上げる。

「な、なんで軍人が！　ここはどこだ⁉」

「教えてくれ。誰がおまえをここに連れてきた？」

　低く静かに黎人が問う。しばらくは混乱して忙しく周囲を見回していたが、猩々は頭を押さえてしばし考えていた。

「……わからない。急に背後から襲われて、気が付いたらここにいた」

「帝都の近くにいたか？」

「いや、そんな恐ろしい場所には近づくもんか。帝都から少し離れた人里離れた森の中に住んでるんだ。ああ……東は人間の住み処だと言いたいだろう？　でもずっと、俺たちはあそこで暮らしてたんだ。出て行けと言われていい気はしない。でもな……潮時かな」

　しょんぼりとうなだれる姿を見て、黎人は淡々と告げる。

「もう少し我慢してくれ。身の安全のために、今は西に行った方がいいと勧める」

「ああ……そうだな」

「なあ、猩々よ」

意を決して花燐は声を掛けた。一筋の希望を感じたからだ。

「おまえは人間に害を為したいわけではないんだな？　人間を襲いたいわけではないんだな？」

「当たり前だ。なんでそんな恐ろしいことをしなきゃならないんだ。返り討ちにあうのが関の山だし……ん？　あんたその角……鬼か？　鬼がなんで軍人と一緒に……角!?　あんたその角、百鬼の角か!?　空亡様の!?」

慌てて猩々の口を両手で塞ぐ。死んだとされているのに、騒ぎになったら大変だ。寧々も草一郎も揃って口元に指をあてている。猩々が必死に頷くのを見てから、手を放した途端、猩々はその場に叩頭した。

「空亡様にはご息女がいたとか……！　みんなが散々探したけど、とうとう見つからないままで……とにかくご無事でよかった！」

「あ、頭を上げよ……！」

「百鬼の姫様！　どうかお助けください！　人間たちはいつ西側に攻め込んでくるとも知れないんです！　俺たちはどんどん住み処を追われて逃げるばかりで……どうか妖怪を率いて――」

「待て！　わたしは別に人間と戦うつもりはないぞ。おまえたちのことは不憫に思う。どうか平穏な暮らしをしてほしいとも思う。だけどな……」

消え入りそうな語尾で、花燐は力なく膝をつく。そうして猩々と目線を合わせた。

「わたしにはできることがない」

「そんなことは……ただ居て下さるだけでいいんです」

「……そうは言うが……」

猩々の期待はおそらくこうだ。父である空亡に取って代わり、妖怪たちの先頭に立って皆を鼓舞して戦い、人間たちに勝利する。そして日本の東側に侵攻し、この国を妖怪のものにすること。そんな途方もないこと、ひとりでできるはずもない。

安寧であれとは願うが、血を流し屍の山を築くことを良しとは思わなかったのだ。

是とも否とも言えないまま押し黙っていると、黎人が口を開いた。

「いきなり詰め寄っても、百鬼の姫も困るだろう。もう少し考える時間をやってくれ。とにかく今、おまえは死んだふりだ。折を見て帰るといい」

そう言うと、猩々は渋々と頷いた。

＊　＊　＊

花燐はひとつ息を吐く。猩々の言葉が頭から離れないのだ。

「百鬼の姫か……」

帰宅した花燐は脱いだドレスを椅子に掛け、すっかり着慣れた部屋着の帯を締める。邸宅に与えられた私室の窓からは、雲がかかった月が見えた。

「蔵宜も猩々も、わたしを百鬼の姫と持ち上げるが……この手ではなにも成すことができないのに」

小さくて白くて無力な手だ。それを見下ろして、また息を吐く。

この間まで、土に塗れてがさがさと汚れていた。それが今は、多少はましになった。割れていた爪を切り、寧々が良い匂いのする油を塗ってくれる。綺麗な手がほしかったわけではないが、ずいぶんと見られるようになった。

部屋の姿見に自分の姿を映す。ほつれのない着物、汚れていない顔、艶やかに光る角。見違えた。

変わることはできるのだ。

あの武家屋敷の閉じた世界でも、種を蒔けば野菜は生った。切れ端も植えて育てれば、頼りないながらも食べることはできたのだ。

ぎゅっと手を強く握って、大きく息を吸う。眉を上げて部屋を出ると、そのまま黎人の私室へ向かった。扉を数回叩くと、中から低い声で返事がある。

そろりと扉を開けると、黎人が詰め襟の釦を外しているところだった。

「大丈夫か？　歩き回って疲れただろう？」

相変わらずの無表情で見下ろされる。花燐は何度か手を握っては開いて、その紫の目をひたと見据えた。

「あのな！」

思ったより大きな声が出た。自分でびっくりしながら、必死に言葉を探す。

「わたしはな……なにもできん！　だが蔵宜も猩々も、居るだけでもいいと言うのだ。わたしが百鬼の……空亡の娘だから」

「そう言っていたな」

「よくないと、わたしは思う。確かにわたしには、できることがない。おまえのように部下を率いて戦ったり、猩々のような爪があるわけでもない。父様のような人望もないし、この屋敷を買えるような資産もない。なにもないが……ここでじっとして、チヤホヤされているわけにはいかんのだ」

黎人は黙って頷いていた。

「なにかできることを探したい。ないのなら、作りたい。わたしにはあまり自由は許されていないかもしれないが……野菜を作るくらいはできるぞ。蔵宜とな、あの家で種を蒔いたりしたのだ。ちゃんと食べられたぞ。この家でも、わたしにできることはないか？　おまえの嫁になると取り引きしたのだ。この厚遇に対して相応のものを、おまえに与えねば釣り合わないだろう？」

なにかしなければならないのだ。蔵宜に猩々に……寧々と草一郎に頭を下げられるということは、それだけの責任を負わなければいけない。そうでなければ、ただ慢心するだけだ。嫡子とは名ばかりであるなどと、父の名誉を傷付けるわけにはいかない。

「皆が空亡の娘だからともてはやすなら、それにふさわしくならなければならんのだ。無力なままで良いはずがない」

「きみにしかできないことがあるとも」

静かに、だがはっきりと黎人が言った。

「本当か？」

「だから私は、きみと取り引きをした」

言って黎人は片膝をついて、目線を合わせる。

「さっきの猩々の件を見たな。日本の各地であういうことが起こっている。誰かが故意に針を使い、妖怪に人間を襲わせているんだ。その妖怪を我々陰陽軍が倒し、大々的に喧伝したらどうなると思う？」

「……人間は妖怪を悪者にする」

「そうだ。勧善懲悪の構図が出来上がる。妖怪は悪を成し、それを討伐する軍が正義であると誰もが思うだろう。自分に正義があると思っている人間は、なんでもやる。それが正しいと信じているからな。際限なんかないんだ」

「だが、誰がそんなことを？」

「……私はそれを調べたい。確たる証拠を突き止め元凶を引きずり出し、白日の下に晒したい。空亡も私の父も、誰かに陥れられたのではないかと思っている」

はっとして黎人の顔を真正面から見つめる。

「もしや父様も針で……」

「その可能性もある。私は空亡が、和平論者を襲撃するなどと思っていない。謀殺されたんだ。情報操作ができる立場の……軍上層部の人間だと睨んでいる」

「………」

「だがそんなこと、ひとりの人間にできるだろうか。おそらく協力者がいる。妖怪の中に」

ぞくりと、肌が粟立った。

「まさか……」

「私は軍内部の人間を洗い出す。だが私の立場で、妖怪の協力者を突き止めるのは至難の業だろう。人間の言葉など……ましてや軍人の言うことなど、妖怪の誰も耳を貸さないだろうからな」

「だからわたしを引き入れたか」

「そうだ。きみの立場なら妖怪も聞き入れる。その出自が保証してくれる。きみにしかできないんだ」

呆然と黎人を見やる。

人間はいつだって自分たちを理不尽に扱った。醜く汚いと罵り、不都合なことの責任を負わせてきた。それが人間だと思っていた。相容れないものだと。

「人間は嫌いだ。信用ならん……」

しかしそういう図式を、誰かが意図的に作っていたのだとしたら？　誰かの都合で横暴な扱いを受けていたのだとしたら？　そのせいで父が死んだのだとしたら……。決して許せないし、できるならこの手で暴いてやりたい。

「信用ならんが、おまえと周りの人間はまだましだ」

「そうか」

「……わたしは、父様が死ななければならなかった理由を知りたい。この手でそれが叶うのなら、おまえに協力する。これは取り引きだ」

「そう、この婚約も結婚も取り引きだ。きみは私を利用すればいい。うまく立ち回って、望みを叶えればいい。だが……危険なことはしないでくれ。怪我をするような目には遭わせたくない」

ふっと紫の目が柔らかく細められた。

「私なりにきみを大事にしている。きみの心身が傷つくのは本意ではない。できれば安全な場所で過ごしてほしい。更にできれば、名前で呼んでほしい」

「……注文が多いぞ」

ぼそりと呟くと、黎人はこちらの両手を取る。なにをするかと思えば、そのまま自分の頬に当てたのだ。

「‼」

「表向きとはいえ、私ときみは婚約した。体裁上、仲良く振る舞うのが得策だ」

「こ、こんな醜悪な……おまえがひどいと言う鬼の小娘と、仲良くしたいと言うのか」

表向きとはいえ、耐えがたいことではないのか。そう言おうとしたが、初めて黎人の顔に感情らしきものが浮かんだ。少しだけ目を見開いて、動揺するような。

こちらも驚いて動きを止めていると、不意に彼はこちらの手をしっかりと握ってきた。

「誤解だ。ひどいと言ったのは、きみの置かれた境遇についてだ。断じて醜悪など……醜いなどと思うものか。むしろ私は、その角をきみを、美しいと思う」

ぽかんと口を開いてから、まじまじと黎人の顔を見る。

「美しい？」

「そうだ」

そんなこと、言われたのは初めてだった。途端に全身が火が吹き出そうなほど熱くなった。真っ赤になった花燐の顔を見て、黎人は訳知り顔で頷く。

「仲良くしよう。それが恋というものの近道になる」

「……ほう」

蔵宜との約束は守りたい。その上、父の死の真相を知るのだ。そのためならば望むところである。

「わかった。わたしはわたしにできることをする。だからその……よろしく頼む、黎人」

言うと彼は、嬉しそうに目を伏せた。

第二章　太陽に触れる手

黎人が七歳の時だった。

八年続いた人妖大戦がとりあえずの収束をした、その翌年。その頃はまだ『四朗』と呼ばれていた。

大戦で帝都から焼け出された人間が、郊外に集まった小さな村。戦禍の爪痕も生々しく残り、誰もが日々を必死に生き延びていた。

四朗は六人兄弟の四男だった。末の弟たちの面倒を見ながら、一人前の労働力として畑仕事を担っていた。だがある日、村人の過失を庇って怪我を負った。

医者に診せる金などないし、そもそも医者もいない。

傷が膿んで高熱を出し動けないまま、薄い布団にくるまってただ寝ることしかできない。

十日も過ぎた夜のこと、両親が声を潜めて相談しているのを聞いてしまった。

「四朗はもう駄目だ。働けない子供を置いておける余裕はねえ」

「でもあなた……もう少し様子を見れば、きっと怪我も良くなるわ」

「家族の食い扶持もないんだ。ひとりだけでも、減らさないとな……」

口減らしだ。それも仕方ないだろうと、四朗は暗鬱な気持ちで諦めた。

翌日、人も通らない山奥に捨てられた。熱に浮かされ、体も動かせない。それに戻ったところで親兄弟の負担になるだけだ。このまま雨風に晒され朽ちて死んでいこう。

水もないまま、何日か過ぎた。倒れて動けないまま、白々と明けてくる空を見上げて落胆する。今夜もまた死ねなかった。こういう夜を何度過ごせば楽になるだろうか、そればかり考えていた。

ある朝のことだった。定まらない焦点で白んできた空を眺めていた。すると不意に、大きな人影が現れたのだ。首を動かすこともできず、そこに誰かがいるという気配しかわからない。

「坊主、生きておるか？」

力強い男の声だった。ぼんやりとした視界に、異形の姿が現れる。大きな体に二本の角、鬼だった。ひとつに結い上げた長い髪は明々とした橙で、ぞくりとするほど美しかった。

「……喰ってもうまくないぞ」

そう呟いたが、鬼は四朗を抱え上げた。このまま取って喰われるのだ。やっと長かった夜が終わるという、安堵があった。四朗は意識を失った。

しかし鬼は、一昼夜を走ったらしい。軽やかに宙を駆け西へ向かった。

次に目を覚ました時、四朗の目には不思議な光景が映る。赤子を抱えた人間の女と、こちらを覗き込んで来るあの大鬼がいたのだ。

どうやら小さな家に寝かされているらしい。布団はふかふかとして、太陽の匂いがした。

「やっと気が付いたようだの。ああ、寝ておけ。怪我が治るまでもう少しかかるからな」

鬼はそう言って、にんまりと笑った。そばにいた女も菩薩のように微笑む。

「鎌鼬の薬はよく効きますね。間に合ってよかったわ」

「怪我をして放っておいたんだな。あんなに膿んで可哀想に……捨てられたのか？」

頷くと、鬼は痛ましいと顔を歪ませた。

「俺のせいだな。俺が戦なんぞを始めてしまったから……おまえみたいな犠牲が出てしまう」

鬼の名を、空亡といった。

人間と妖怪が東西に棲み分けて一年、ここは西の外れだと言う。しばらくして四朗は、歩けるほどに回復した。

空亡の名は聞いたことがある。大戦の折、妖怪たちの先頭に立って戦った総大将だ。そんな戦犯がなぜ、自分を助けるのか。憎き人間のただの無力な子供を。

そう尋ねると、空亡は寂しそうに笑った。

「人間が嫌いなわけじゃないぞ。ただ俺たちは、自分の住み処を守りたかっただけだ。今まで一緒に仲良くやってきたのになあ」

西洋の圧力に負けて人間が開国したのが、きっかけだと言う。海の向こうの技術を知識を、もっともっとと欲しがるうちに、妖怪が邪魔になったのだろうと。

「妖怪は長生きな分、頑固だからな。頭が固い連中が多いんだ。そういうやつらが、いきなり西洋のものを受け入れようなんて、素直に応じられないぞ。せめてもっと相談してくれればよかったのにの。いや、今それを言うても詮ないことだが」

　裏切られた、妖怪はそう思ったらしい。信頼が憎悪に変わるのに、それほど時間はかからなかったのだとか。

「俺たちを住み処から追い出して、製鉄所を建てると言いだしおった。山を削り川を埋め、森を切り開いて鉄道を走らせるんだそうだ。黙ってはおれんかった。身を守るうちに、大事になった。すまんかったな。焼け出されて困るのは、おまえたちのような民なのにな」

　空亡はよくしてくれた。捨てられた無力な子供を助けようとしてくれた。ただそれを黙って見ているのは嫌だったので、できることをした。

　畑を耕し、赤子の世話もした。鬼と人間のその赤子は、花燐という名だった。小さな角を持ち太陽のように笑う、可愛い妹ができたようだ。鬼とその妻と子供。とても幸せそうで、見ているとこっちまで温かくなる。

　やがて四朗に、養子の話が持ち上がった。

「俺の知り合いに、都築秋一という男がいる。軍人でな、養子を欲しがっておるのだ。おまえ、行ってみないか？　共に平和を願う、数少ない人間の友達なんだ」

　驚いた。軍人であれば、空亡にとって積年の敵である。なのに好意的な親交があるばかりか、養子の話が出るなんて。聞けば代々陰陽師と軍人とが混ざった家系で、華族の家柄だという。そんなうまい話があるものかと、一度は固辞した。ここで穏やかに畑を耕し暮らすのも、悪くないと思っていたから。

「おまえは優しいし、人を思いやれる。頭もいいし力もある。しっかりした教師について学べば、将来は安泰だ。こんなところで慎ましく暮らすよりも、いいだろうよ」

「しかし」と言うと、空亡は目を細めて笑った。

「……なあ、四朗。おまえ、軍で偉くなってくれまいか？ そうして我々と話し合いの場を持ってくれないだろうか。秋一とも話しておるが、数年で実るとも思えん。東西に棲み分けてもなんの解決にもならんし、いつかまた些細なことで戦になろうよ。それではいかんのだ。誰も彼も幸せに暮らしてほしい。俺の娘もだ。今はただ、それを願うのみぞ。ひとりでも多く、話ができる人間にいてほしいのだ」

それが恩返しになるのならと、四朗は頷いた。

そして空亡と約束をした。必ず空亡の娘を――花燐を幸せにすると。

養父から『黎人』という新しい名をもらった。

多額の金をかけて家庭教師がつき、読み書きから学んだ。どこにそんな才が隠れていたのか、勉学はことのほか優秀だった。やがて特例として、飛び級で大学に入学する運びとなる。将来を期待され、また養父の後ろ盾もあり、見習いとして軍部の末端に籍を置くことになった。

空亡との約束に一歩近づいた。養父も喜んでくれた。そうして穏やかに過ごしていた十二歳のある日だ。

都築家に凶報が伝えられた。

養父を筆頭とする都築派と呼ばれる平和論者たちが、空亡に襲撃され全滅したと。

なにもできなかった。ただ遺体が帰ってきて、いくつかの目撃証言を聞いた。あの空亡がやったのだと。

信じなかった。なにかの間違いだと疑わなかった。空亡も養父も、あれだけ身を尽くし平和を願っていたのに。

しかし空亡は、その罪を認めるかのように首を差し出したのだという。そんなことがあって堪るものか。空亡処刑の報を聞いても、信じられなかった。

そして自分の身よりもまず、花燐の行方を案じた。母親と花燐が住んでいたのは、西側の小さな集落だ。人目につくことはない。

だがその安堵も間もなく崩れた。どこからか密告があり、花燐の所在が軍部に漏れたらしい。黎人も招集された。大罪人の血縁を確保すべしと。

そして立ち会ったのだ。あの東の果ての寒村で、花燐が引っ立てられて行くのを。

古い武家屋敷に放り込み、陰陽軍の術師が邪悪な封印を施す。

花燐は泣いていた。空亡は死に、母は連れ去られた。

黎人は迷った。このまま花燐を連れてどこかへ逃げようか。どうすれば空亡との約束を果たせるのか。だがこの無力な手で、どれだけ逃げおおせるだろう。これだけの衆目で、これだけの軍の人間が居て……。考えて考えて、自分を律した。

逆に良かったのだと思おう。ここに居れば、軍の監視下にあるのなら、少なくとも死ぬことはない。一日でも早く迎えに来よう。そのためにはなんでもする。

誰を欺(あざむ)いても、手を汚しても、体を売っても。

そうしてようやく、太陽のように笑う彼女を守れるのだ。

今思うとそれからの日々は、義務感と責任感と使命感でがんじがらめだった。この身を捨ててでも、百鬼の姫を守り、空亡との約束を果たさなければいけない。もはやそれは、度を超えた執着だったのだ。

そんな冬のある日だった。定期的に盗み聞く花燐の様子に異常が訪れた。流行風邪に罹(かか)り、高熱で倒れたらしい。それを知った一部の軍人は冷ややかだった。「まさに鬼の霍乱(かくらん)」と嘲笑する。帝都でも風邪が流行っていたし、命を落とす人間もいる。しかし軍部は医師を手配するわけでもなく、死ねばそれまで、という雰囲気だった。おそらくあの寒村も、似たようなものだろう。

居ても立ってもいられなかった。麻宮に無理を言って都合をつけ、身分と外見を偽装した。どうにか伝手(つて)で医師を手配し、同行してもらった。そして寒村に駆け付けたのだ。

武家屋敷で寝込んでいる花燐を見つけて、ひやりと背中が寒くなった。姿を見るのは十年ぶりだ。花燐は十五歳になっていた。熱が下がらず、額に玉のような汗を浮かべて震えていた。意識が戻らないという。この家の家鳴は右往左往するばかりだ。薬もなければぼろくな食料もない。人間を介抱する術も知らない。なにもできないまま、花燐の枕元で必死に名を呼ぶばかりだ。

少なからず苛ついて、すぐに医師に治療を託した。自分は金にものを言わせて、村人から栄養価の高い食料を買い上げる。花燐は汗を浮かべ「寒い寒い」とうなされているので、それらで粥やスープを作った。無理にでも食べさせ、調合した薬を飲ませると、少し落ち着いたようだった。だが楽観はできない。

枕元に陣取り、汗を拭ってやる。しみじみと花燐を見下ろした。肌は青く、手も荒れている。髪に艶もなく唇にも色がない。壮絶な生活をしてきたのだと、一見してわかった。同時に、自分の不甲斐なさを呪った。花燐のためにと邁進してきたつもりだったが、当の本人はこの有様である。なんと自分勝手で自己満足に溢れた行いだったのだろうか。これまでやってきたこと、これからやろうとしていること、全てが徒労だったのではないかと落胆したのだ。なんと愚かで非力な手だろうか。

自己嫌悪でうなだれていると、花燐がようやく意識を取り戻す。ぼんやりとこちらを見上げるので、自分は医師の助手であると嘘の身分を告げた。だいぶ混濁していたのだろう。上の空で返事をして、こちらの顔を凝視してくる。

「……鬼の顔だ」

それほど恐ろしい形相をしていたのだろうか。思わず眉間の皺を揉んでいると、花燐は続けた。

「父様の顔だ。誰かのために頑張る、優しい鬼の顔だ。……好きな顔だ」

はっとして顔を上げる。すると彼女は手を伸ばしてきた。思わず、その小さな手を握った。高熱に浮かされて熱い。こんな無力で汚れた男の手など、触れられても嫌だろうに。すぐに離そうと思った。しかし彼女は、ぎゅっとこちらの手を強く握る。

「……冷たくて、気持ちいい。この手も好きだ。ずっとこのまま……」

それだけ呟いて、寝入ってしまった。穏やかな顔をしていた。それを綺麗だと、愛しいと思ったのだ。

たったひとこと、ふたこと。それだけで全てが報われる気がした。許された気がしたのだ。握ったままの手を見下ろして、小さく息を吐く。

なにを弱気なことをと、自分を笑った。このままでいい。この小さな手を守るために、成すべきことを為すのだ。いつか、太陽のような彼女の隣に居たいと思ったから。こんな男を受け入れてもらえるかどうかは、わからないが。今はただ、熱が引くまでそばにいよう。せめて、今だけでも。

＊　＊　＊

「黎人！」

快活な声に呼び掛けられて、うっすらと目を開く。見ると、二本の角が生えた少女が、こちらを覗き込んでいるところだった。

昇進と共に与えられた邸宅、その庭では秋薔薇が満開だ。日の当たる洋風の東屋で柱に背を預け、ほんの数秒寝てしまったらしい。昔の夢でも見た気がするが、それは全て終わった出来事だ。

目の前にある現実に目を向けると、花燐が不思議そうにこちらを見上げている。

「大丈夫か？　今、寝ていたか？」

「いや、問題ない」

忙しい職務の隙間を工面してどうにか時間を捻出する。一秒でも長く花燐の様子を知りたかった。その笑顔のためになにが必要か。全てを把握しておきたいのだ。

花燐は「そうか？」と呟くと、目の前でくるりと一回りする。

「見てくれ、黎人。寧々がな、袴を着せてくれたのだ。動きやすいぞ。あと、これだ。ブーツ！　なんと走りやすいことか！」

見ると、くすんだ薄紅に大きな菊柄の小袖、そこに亜麻色の袴を合わせた花燐が目を輝かせていた。なるほど、寧々は良い仕事をする。ちらりと花燐の背後に目をやると、寧々が満足そうに大きく頷いていた。

「よく似合っている。綺麗だ」

率直に告げると、花燐はあわあわとしばし狼狽し、はにかんで俯いてしまった。言葉選びを間違えただろうか。内心で首を捻っていると、気を取り直した花燐が「それでな」と続ける。

「わたしは思うのだ。せめて自分の身くらいは守れるようになりたい。いつも誰かに守られてばかりは歯痒(はがゆ)いのだ。どうにかならないものだろうか。黎人みたいにこう……」

彼女は刀を振り上げるような仕草をする。

「そうだな……。しかしいきなり刃物は危ないだろう。持ち歩くとなると目立つしな。これはどうだろうか」

腰のホルスターから銃を抜いて、安全のために弾を抜く。

「陰陽軍の標準装備だ。回転式拳銃で銃弾は銀でできている。妖怪は比較的銀に弱いとされているからな」

「ほう……余り聞きたくなかった情報だ」

花憐の手の上に載せてやると、彼女は「うっ」と低く呻いた。

「重い……」

「銃身が大きければそれなりに強力だが、その分撃った時の反動も大きい。きみがこれを撃つとなると、吹き飛ぶかもしれないな」

「ふむ」とひとつ唸って、顎を撫でる。

「もっと小型の銃を用意しよう。護身用の手のひらに載るサイズがある。装塡(そうてん)数は少ないが身を守る術にはなるだろう。撃ち方は——」

「都築特佐、お時間が……」

　草一郎が控えめに申し出る。胸のポケットから懐中時計を取り出して蓋を開けると、予定の時間を過ぎていた。

「……もうこんな時間か。すまない。私はもう本部へ行かなければならない。銃の使い方は北条と赤羽に教えてもらってくれ」

「働きすぎではないのか？」

「階級が上がるということは、仕事と責任が増えるということだ。納得済みだよ」

　全ては彼女を守るためだ。身を粉にしてなんの問題があるだろうか。黎人は手を伸ばして、花燐の髪を撫でた。いつか赤子だった頃もこうしたものだ。ずいぶんと大きくなったものだし、美しくなった。できるなら腕の中に閉じ込めて、二度と離したくない。

　目を細めて、その角に触れようとした。しかし手を止める。

　自分のような汚い手で触れていいものではない。そう思って、もう一度髪を撫でた。

　するとしばらくされるがままになっていた花燐が、顔を真っ赤にして手を払ってくる。

「おまえはそうやってすぐ頭を撫でるけどな……子供扱いするでないぞ！」

「していないが？」

「お、おまえに頭を撫でられるとこう……胸がざわざわするのだ。動悸が止まらん！」

「ほう。もっと撫でよう」

「やめい！　これはきっと、妙ちきりんな病気なのだ！　おまえが移したのだぞ！」

「心外だ。だがこれが恋かもしれないぞ？」

「恋なものか！　大体、わたしはおまえが好きではない！」

「残念だ」

至極残念だった。

＊　＊　＊

袴とブーツが板に付いてきた頃、花燐は半眼で窓の外を睨んでいた。

なんでも黎人は、准級特佐から二級特佐に昇進したらしい。よくわからないが、偉くなるのは結構なことだ。しかし黎人は鉄壁の無表情を崩さないまま「今日も帰れそうにない」と言って、数日おきに邸宅を出て行く。

同じ台詞を聞きながら邸宅から送り出し続けて一ヶ月、会話もろくにできない日々に、花燐は憤然と寝台の敷布を整える。

「できることがあるのは羨ましいが、このままでは黎人が仕事に殺されてしまうぞ」

「陰陽軍は常に人手不足なんですよ。妖怪と戦いたいなんて奇特な人は滅多にいないし、いざ前線に駆り出された兵士は怖くなって逃げ出したりするんです。あっちこっちに欠員が出て、特佐みたいに有能な人はどんどん上に行かされちゃうんですよね」

同じ部屋で掃き掃除をしていた寧々も、沈痛な表情で頷く。

「おかげでわたしは、この家の仕事をすっかり覚えてしまったぞ。女中として給金をもらってもいいくらいだ」

「やはり、ちゃんと使用人を雇いましょうか？　朝から晩まで掃除や洗濯に追われています。花燐様も家事に殺されてしまいますよ」

「……しかしわたしは、他にできることがないからな」

軽く頬を膨らませつつ、羽根枕の形を整える。

「百鬼の嫁としてやることはないのか？　と黎人に聞いても『今はまだ時機ではない』と言うばかりだし」

「あ、今の物真似、似てました」

小さく笑う寧々に癒やされつつも、皺を伸ばしたばかりの寝台に腰を下ろす。

「家の中は安全で心地よいが、外のことはなんにもわからん。わからんままで良いとも思えないが、ここから出ることをあの男は渋るからな」

「……私もできれば、兵士が常駐しているこの邸内に居てほしいです。人目のある場所に出てもしなにかあったら、私みたいな新人はどうしたらいいのか……。いっそ完璧に変装するでもしないと、不安です」

「そうよなあ。なあ、寧々。帝都ではいろいろと流行っているものがあるだろう？　ちょいとお使いに出てくれぬか？」

「構いませんが、なにをご所望ですか？」

「恋を買ってきてくれ」

「恋……!?」

　なぜか寧々はぎょっと目を見開く。

「買うとは……どういう意味でしょうか!?」

「わたしはな、いろいろと本を読んでみたが、あちこちに書いてあるのだ。帝都では大流行しているのだと。一度でいいから見てみたいのだ」

「本……。あ、恋愛小説を買って来いと、そういう意味ですね？」

「おお、それも悪くないな」

「え、そうではなく……？」

　やはり寧々は困惑している様子だ。

「寧々も見たことはないか？　やはりそう簡単には手に入らないのだな」

「見た……ことはないですね」

「でもな、黎人が言うのだ。自分といれば必ず見られると」

「特佐が!?」

　一際大きな声で叫ぶと、寧々は慌てて口を押さえた。

「特佐が？　あの冷静沈着な特佐が!?　本当ですか!?　溺愛ってこと!?　ええ、意外!!　でもでもそういうことですか!?　あのクールな特佐がそういうことなんですか!?」

「どういうことだ？」

「花燐様が好きってことですよ！」

「好きというのは恋ということだろう？　違うぞ。あの男はわたしを利用したいだけなんだ。それにわたしはあの男がそれほど好きではない」

「そんなことは仰らずに！　特佐は超優良物件ですよ！　顔も肩書きも人格もある方です！　押さえておいた方がいいです！」

「押さえておく？」

「もうすぐにでも祝言（しゅうげん）を挙げて籍を入れた方がいいです！　そうしましょう！　そうしたい！　私は特佐の恋を応援します！」

盛り上がる寧々を眺めて、しばし考える。

「好かれてもないし好きでもないのに恋なのか？　なら……寧々は草一郎が好きか？」

「好き……まあ、同僚として信頼はしてますけど。そういう好きではないですね」

「おそらくあの男も、わたしに対してはそれなりに信頼はしてるが、そういう好きではないのだ」

「ええ……そういう好きですよ。恋ですよ」

「寧々は草一郎に恋してるか？」

「絶対にないですね」

きっぱりと言い切る寧々に、「それ見ろ」と花燐は返した。

「花燐様と特佐は恋ですよ。恋して下さい、後悔しませんよ」

「やはり摩訶不思議なものだな、恋とは。蔵宜……ますますわからんぞ」

陰鬱とした気持ちで並んで窓の外を眺めていると、部屋の外から草一郎の慌てた声が聞こえてきた。

「花燐様！　あの……お客様がっ」

開いているドアから覗く草一郎の顔は、心なしか青ざめている。

「客？　そんな予定があったか？」

「いえ、お約束はないのですが……あの……抜き打ちというか」

しどろもどろに草一郎が答える。軍人にしては結構な動揺だ。一体何事だろうかと、花燐は足早に玄関ホールへと向かう。

そこに立っていたのは、黎人と似たような将官の黒い軍服に身を包んだ、細身の青年だった。少し長めに伸ばした髪は赤錆(あかさび)色、眼鏡の奥の瞳は漆黒だった。

彼は花燐の姿を認めるとにっこりと笑い、無駄のない動きで軽やかに一礼してみせる。

「初めまして、百鬼の姫君。都築特佐の部下で、上級特尉の麻宮と申します。突然の訪問、申し訳ございません」

「麻宮……？　あぁ、噂の眼鏡の悪魔――」

「わあ！　花燐様！　僕はお茶の用意をしてきますね！」

花燐の語尾をかき消すように大声を上げると、草一郎は青い顔のままでばたばたと厨房へ走り去っていく。どうやら、あまり顔を合わせたくない上官らしい。

寧々に叩き込まれた所作を思い出し、花燐は背筋を伸ばして礼をする。

「空亡の娘、花燐だ。今後ともよろしく頼む、麻宮特尉」

「お噂どおり、見目麗しい。もっと早くに伺うべきでしたね。ご挨拶が遅れましたこと、大変失礼いたしました」

「見目……麗しい？」

困惑して問い返すも、麻宮は「麗しいですよ」とにこにこと人のよさそうな笑顔を崩さない。黎人の無表情も解りづらいが、彼の笑顔もまた読めない類いのものだった。

世辞は額面どおりに受け取っておく。それでも花燐が油断なく窺っている後ろでは、寧々も色のない顔で直立不動で敬礼をした。

気付いた麻宮が、にこりと笑いかける。

「赤羽准特士、職務はどうですか？」

「は！　滞りなく！」

「それは大変結構。本音を言いますと、部下の様子を見に行く……という口実で、姫君を見学に来たんですよ。ただの好奇心です」

そう言って彼は目を細めて花燐に笑いかける。人がよさそうに見えて、これがかなりの曲者なのだろう。草一郎と寧々の様子から、決して見た目どおりの性格ではなさそうだ。

ますます警戒の姿勢をとる花燐の顔を、麻宮は音もなく覗き込む。

「少しお話でも？」

「あ……奥へ案内しよう」

客間へ通すと、奥から草一郎が急須と湯飲みを持って現れる。緊張でかちゃかちゃと食器を揺らせながら、麻宮の前へ湯飲みを置いた。

「ど、どうぞ」

「北条准特士……まだ若いのに、刺激のない仕事を任せて申し訳なく思っていますよ。お茶を煎れる技能ばかり高くなって、兵士として同期に後れを取るのではないかと心配しているんです。どうですか？　最前線で戦ってみますか？」

「とんでもございません！　花燐様や都築特佐のおそばにお仕えして、学ぶことしかございません！」

「赤羽准特士は？」

「わ、私も同意見です！　これほど光栄な職務をお任せしていただき、光栄です！」

「光栄と二度言いましたね。言葉の使い方がおかしいようですが……なるほど」

失言したと青を通り越して白くなる寧々に大仰に頷いて見せたあと、麻宮は向かいに座る花燐に視線を移した。

「いつも、こんな様子ですか？」

「ふたりはいつも、よく働いてくれるぞ。感謝している」

「本当ですか？　なにか粗相をしませんでしたか？」

「特にはないが……」

「おや残念。減点はなしですかね」

さりげなく呟いた麻宮に、准特士ふたりの表情に恐怖が浮かぶ。

「なにをしているんだ？」

ぴりぴりと張り詰めた緊張を見かねて尋ねると、麻宮は楽しそうに笑った。

「査定ですよ。部下がちゃんと仕事をしているかどうか、確認しているんです。仕事の出来不出来はそのまま給料に反映させますし、あまりに不甲斐ないなら戦地へ飛ばします」

「い、いかん！　ふたりは本当によくやっておる。お手柔らかに頼む！」

「姫君に気に入っていただけてよかったですよ。もう少し、様子を見ましょうね」

寧々と草一郎は口の中で悲鳴を上げたようだが、知らないふりをして麻宮は膝の上で手を組んだ。

「僕や黎人が若い頃は、もっと上官に反抗したものですが……最近の兵士は従順ですね。時代でしょうか」

「黎人の若い頃？」

言ってから、しまったと花燐は思った。公の場では敬称を付けるべきだと教わった。それを察したのか麻宮は苦笑する。

「敬称がなくても結構ですよ。僕と黎人は同期なんです。十一年前、あなたが幽閉された時も立ち会いましたよ。上官命令で召集された僕たちは、なにもできませんでしたが」

「……十一年前」

寒村の武家屋敷に封じられた時だろうか。黎人もあそこに居た？　そんな話は聞いていない。

「黎人は、ずいぶん思い詰めた顔をしていましたよ。あの頃から決めていたんでしょうね。どうしてもあなたを助けたかったようだ」

「まさか……」

「東西統一も大事ですが、彼には幸せになってもらいたい。公私ともにいろいろなものを犠牲にしてきましたからね。今の僕は階級上、黎人の部下ですが……彼を友人だと思っています。彼の憂いは取り除いてあげたい。そのための手段を選ぶつもりはありません。決してね」

一瞬、麻宮の瞳に獰猛な光が浮かんだが、すぐに無邪気そうな微笑みで消してしまう。

おそらく本音も含まれているのだろう。それなりの立場に置かれた黎人にとって、麻宮が唯一、対等の友人でいられるのではないだろうか。

「あの、黎人をよろしくお願いする」

「軍での面倒は見ますけど、私事は姫君にお任せしますよ。まあ、そもそも今の政権が腐敗しているのが悪いんですけどね。無能な年配者のお陰で、僕たちが苦労する羽目になってるんですよ。恨むなら阿呆なじじい共を恨みましょう」

「政権か」

この邸宅に来て、寧々や草一郎から世間のことを日々教えてもらっている。確か軍部の上には帝がいて、枢密院がそれを補佐している。

「帝が腐っているのか？」

「もうどろどろですよ。無能の見本市みたいな人です。臆病で自分勝手でプライドばかり高くて、人の話を聞かないどうしようもない御仁です」

「そこまで言わなくても……」

「僕の父なんですけどね。身内の不祥事ほど見苦しいものはないですよ」

「父!?　ということは、特尉は皇族か？　やんごとない人間なのか？」

　さすがに目を丸くすると、彼はわざとらしく顔を顰めた。

「皇族だからと、腫れもの扱いされるのはすごく嫌なんですよ。皇子とはいえ、皇位継承権が回ってくるほどではないですし、こうして佐官として働いているわけですし」

「働かずとも食っていけるだろうに」

「そもそも君主制度には疑問でしてね。黎人もそうですよ。権力がひとりに集中するのはいろいろと危ういですから。まあ、責任の所在が明らかなので、問題が起きたらひとりの首を刎ねればいいというのは利点ですけれど」

　恐ろしいことを笑顔で言い放つ。

　おののいていると、麻宮は人懐こい笑みを浮かべた。

「僕が皇子であなたが姫君で、立場は同じかと思いますよ。あまりよそよそしくされると悲しいので、あなたは今のままで居て下さいね」

　そういうものかと納得していると、麻宮は何気ない日常の話を始めた。他愛ない食事の風景や兵舎での会話。

　時折出てくる、黎人の話題に身を乗り出して、麻宮に苦笑される。どれもこれも、花燐の知らない話だ。まるで見ず知らずの人の話を聞いているようである。なにやら胸がもやもやとするのだ。

「わたしは黎人のことをよく知らない。麻宮特尉の方がよほどわかっておるのだな」

「付き合いが長いですからね。さて、そろそろ失礼をと思いますが、本来の用事を忘れるところでした。黎人からの伝言です。『着替えを持ってきてほしい』そうですよ。用意していただければ預かりますが……どうせなら持っていきますか？　本部へ」

「……行く！」

　邸宅の家事に明け暮れていたところに、一筋の光明である。この邸宅から出られる絶好の口実だ。これ幸いと、勢い込んで椅子を立つ花燐を面白そうに眺めて、麻宮はしっかりと頷いた。

「ぜひ、そうしましょう。あなたが来れば、兵士の士気が上がります。では、北条准特士と赤羽准特士。両名は護衛として同行してください」

「は！」

　涙を呑んで敬礼するふたりに心の中で謝りながら、花燐は急いで黎人の着替えを準備するために屋敷中を駆け抜けた。

＊　＊　＊

「ここが司令室ですよ。奥に黎人が居るのが見えますか？」

　軍本部の奥まった一室、こそこそと少しだけドアを開けた麻宮は「ほら」と視線を投げた。麻宮の後ろから精一杯部屋を覗き込み、花燐は長身の黒髪を見つける。

「おお……いたぞ。なにやら座って話しておる」

「個人の執務室はちゃんとあるんですよ。しかし、どうしても司令室とのやりとりが多くて……行き来が面倒だからと、もっぱらここに詰めていますね」

「ちゃんと仕事をしていて偉いぞ、黎人」

　数日前に会ったはずだが、黎人の黒髪がすでに懐かしくも感じられる。花燐はドアの陰に隠れながら、必死に目をこらした。書類に目を通し、手近の兵士と会話し、何事か指示を出す。詳細はわからないが、黎人はいくらか厳しい表情で忙しくしているようだった。

　角のある小娘と皇族である麻宮が、揃って司令室を覗き見ているのを見て、通りかかる兵士たちは何事かと遠巻きにしている。

「なんでもありません。お通りください」

「気にしないでください。ただの見学です」

　一応、人目を忍ぶ体裁なのだが、花燐の容姿は嫌でも人目を引く。見物人も出始めて、周囲はさながら一大興行の様相であった。

仕方なく、寧々と草一郎は通路の整理を買って出ることになる。

「機密もあるので詳しくはお話しできませんが、人間と妖怪、お互いの勢力が大きな抗争にならないように検討しているんですよ。更には上官を適度に押さえて、部下を引っ張る。このバランスが肝(きも)ですね」

「ほう、ばらんす。知っておるぞ。長期休暇のことだな」

「うん？　バカンスかな？」

麻宮の指摘など耳に入らないまま、食い入るように黎人を眺める。忙しいのは結構だが、体を壊してはいけない。しかし黎人が働けば働くほど、人間との不和は減る。

「どうします？　せっかくだから声をかけますか？」

「う……だが忙しいようだし……邪魔をしたら悪いの……」

「おや、殊勝(しゅしょう)ですね」

このまま黎人には知らせずに退散しよう。そう思った時、花燐の視界に衝撃的な光景が映った。

黎人の側近く、すらりとした女性の兵士がいた。知的で切れ長の瞳、亜麻色の長い髪を高く結い上げている。ずいぶんと親密なのか、近い距離で話していた。どこか黎人の紫の瞳も穏やかではないだろうか。知らず、花燐はぎゅっと手を握る。

「……特尉、あの佳人(かじん)は？」

「石蕗(つわぶき)特士です。司令室では黎人の副官の位置ですね。ひとつ年上の聡明な女性軍人ですよ」

「黎人とはその……仲がよろしいのか？」

「よろしいですよ。黎人の側に配属されて三年でしょうか。いろいろな作戦を陰で支えてくれていますす。やはり信頼がないと任せられませんね」

速やかに淡々と語る麻宮の言葉に、なにやら複雑な気持ちになった。黎人は彼女を信頼している。花燐に対しても、一定の信頼はあるだろう。立場としては同じかもしれない。いや、付き合いが長い分、彼女の方が上か。

急に黎人を取られたような気がして「そうか……」と返すのがやっとだった。別にもとより、黎人は自分の所有物ではないのだ。契約の婚約だし、誰を好こうが構わないはずである。でも、このもやもやとした気持ちはなんだろう。

麻宮が目の端でそんな花燐を眺めている時、草一郎が遠慮がちに声をかけてきた。

「麻宮特尉……これ以上はちょっと。人が集まりすぎてます」

「もうごまかしきれません。そもそもごまかせていませんでしたが」

寧々も声を潜める。麻宮は「おやおや」と、改めて周囲を見回した。なるほど。軽く見積もって三十人程度に囲まれている。

「さすがに百鬼の姫君ですね。隠し通せはしませんでしたか」

「隠す気もなかったですよね？　堂々と覗き見してましたよね？」

「バレますよ。すぐに特佐にバレますよ！」

「落ち着きなさい、ふたりとも。速やかに撤収しますよ。そうですね……とりあえず食堂あたりに逃げ込んで軽く昼食を……」

「なんの騒ぎだ？」

聞き慣れた艶やかな低い声色に、一同が振り返る。

さすがに司令室の前で数十人が集まっているとあっては、黎人の耳にもすぐに入る。それにしては気配を感じさせないまま、黎人がドアに寄りかかって立っていた。

「お疲れ様です、都築特佐」

にこやかに敬礼をする麻宮に、寧々と草一郎も倣う。花燐は慌ててどこかに身を隠そうとしたが、隠れる場所などなかった。立ち尽くす花燐と、黎人の紫の瞳が交錯する。

察して寧々が、着替えの入った布袋を花燐に抱えさせた。それを掲げて、花燐は一歩踏み出す。

「き、着替えを！　持って来たぞ！」

「……きみが？」

「うむ！」

「…………」

数秒の沈黙の後、黎人はじとっと麻宮を見やる。

「嫌ですね……なんで睨むんですか？　僕の差し金みたいな顔をしないで下さい。姫君たっての希望ですよ」

「おまえが動く時はろくなことがない」

「ちょっと姫君を見に行っただけです。僕だって息抜きくらいしたいんですよ」

「わたしが行きたいと言ったんだ。麻宮特尉は、連れてきてくれただけだぞ。とても優しくしてくれる」

必死に弁明するも、黎人はどことなく嫌そうに眉間に皺を寄せた。やはり邸宅から出てきたのがよくなかったのか。なにかできるかもと期待したが、見込みが甘かったらしい。

やおら、周囲を取り囲んでいた兵士たちからひそひそと声が聞こえてくる。

「この方が百鬼の？　なるほど鬼だな」

「さすがは都築特佐。百鬼の角まで従えてしまうのか」

「噂よりも美しいじゃないか」

口々に上がる声に、黎人は軽くこめかみを押さえている。それを見た麻宮は、訳知り顔で何度も頷いた。

「女性軍人もいるとはいえ、やはり男が多い組織ですからね。こんな男所帯のただ中に姫君を置きたくはないですよね」

どういう意味かと口を開きかけた時、黎人の後ろから華やかな女性の声が触れる。

「都築特佐、せっかくですから休憩してきて下さい。上が休まないと、下も休みにくいですから」

花燐が耳聡く声を捉え、黎人の背後を瞬時に探す。現れたのは石蕗だった。間近で見る彼女は、体つきも柔らかく胸も大きい。知的で、大人の落ち着きのある女性だった。なにより角のない人間だ。

「初めまして、花燐様。特佐の補佐を務めております、石蕗特士です」

「……初めまして」

柔和に微笑んで敬礼をする石蕗に、花燐は無意識に視線を下げて言葉を返した。自分の持っていないものを全て持っている。そんな気がして急に消沈した。そんな胸の内を知ってか知らずか、黎人は石蕗をゆっくりと振り返った。

「……石蕗特士、少し任せる」

黎人は長い腕を伸ばして花燐の肩を抱いた。人波をかき分けて連れ出されながら、花燐はわずかに振り返る。視線の先には、華やかな微笑みで手を振る石蕗の姿。自分の中の得体の知れない敗北感を笑われているような——そんな風に思ってしまう自分に落胆した。

黎人に連れられた先は、個人の執務室だった。軍本部は西洋風の建物なので、暖炉には火が入っており室内は暖かい。執務机のみならず、ソファの上にも書類や文房具が散乱していて、几帳面な黎人の性格からはおよそ不釣り合いである。

花燐の視線に気付いたのか、ものをどかして座るように手で促した黎人が小さく息を吐いた。

「この部屋は半ば仮眠室だな。資料に囲まれて思索し、その考えを持って司令室で提案する。合間に寝て起きて、また報告書や資料を読む。その繰り返しだ」

「体が壊れてしまうぞ」

「きみが誰の視線も気にせずに、どこへでも歩けるようになるなら、それでもいい」

「わたしのことなど、どうでもよかろう」

こんな半妖を嫁にするなどという面倒をしなくても、ふさわしい女性がそばにいるのだ。

黎人が自身の目的――秋一の死を解明することが終わったなら、花燐はきっと用済みだ。

黎人は火にかかっていたヤカンを取り、手早く紅茶を煎れる。カップを目の前に置いても浮かない顔をしている花燐を見やり、黎人は腕を組んだ。

「我が婚約者殿は、なにをそんなにご立腹かな？」

「怒ってなどいない」

「私の近くに石蕗が居て、嫉妬でもしてくれているのかな？」

「嫉妬……？」

ずばりと言われて顔を上げる。ようやく腹落ちがした。

「わたしが石蕗特士を妬んでいると言うのか？　そうか……そうかもな。こう、むしゃくしゃするのだ。は！　これが恋？　わたしは石蕗特士に恋をしているのか」

「そこはせめて、私にと言ってほしかったが……それほどには気に入られていると思うと、嬉しいものだ」

目を細めて言って、黎人は隣に座ってくる。カップから昇る湯気を眺めながら、花燐は俯いた。

「自分で自分が嫌になるの。口では父様の仇だ、人間と妖怪の平和だと言っておきながら、中身は卑しい妖怪なのだ。おまえが誰を好こうが、わたしが口を挟む義理などないのにな」

「卑しくて大変結構。結局、人や妖怪を救えるのは同種のみだ。心の拠り所として持つのは構わないが、神や仏を当てにしてはいけない。人が思っているより、あいつらは薄情で不公平だからな」

ずいぶんと手厳しい物言いだ。目を丸くしていると、気にもせず彼はカップを傾けていた。

「祈って待っていても、救済はない。なら自分が動いた方が確実で早い。私はそう思って今日までやってきた。私の手はもはや血で汚れているが……それで救える命もある。心の醜さを知り、苦しみを理解できる者の手が欲しいんだ。上辺だけの麗句を述べるだけでは、ただの無能に過ぎない。だからきみが必要だ」

「……おまえは結構、人をその気にさせるのが上手だな」

「これでも一応、部下を持つ身だからな」

珍しく小さく笑って、彼は飲み干したカップをテーブルに置いた。そして紫の瞳を細めて腕を伸ばすと、そっと角に触れようとする。だが直前で手を止めると、こちらの髪を撫でるのだ。なぜか少し、痛そうに顔を歪める。

不思議に思ったが、黎人はすぐに鉄壁の無表情で小さく囁いた。

「簪（かんざし）か櫛（くし）か……きみに贈ろう。好きなものを選ぶといい。鼈甲（べっこう）でも蒔絵（まきえ）でも金でも銀でも。私がそばにいられない代わりにせめて」

「そんな高価なものばかり……破産するぞ」

「妻に出資するのは夫として当然の義務だ。問題はない」

黎人は腕を伸ばして花燐を閉じ込めた。その体温を感じた瞬間、胸にあったわだかまりがほんのり解け出していく。これはきっと恋ではないのだ。あれはもっと激しい感情のはずである。

頬を寄せてくる黎人は、まるで大きな狼のようだった。狩りをして疲れて、少し眠りたいような。そういえば、あの武家屋敷に野良犬が迷い込んできたことがあった。最初はひどく警戒していたが、遊んでやると尾を振って喜び、昼寝をして帰って行った。懐いてくれると存外に嬉しかったものである。黎人に抱く感情もきっとこれだろう。

「よしよし」と黎人の黒髪を撫でてやると、紫の目が少し見開いた。そしてやはり、眉根を寄せて苦悩の表情を浮かべる。

様子がおかしい。どこか悪いのだろうか。花燐の知らないところで病気や怪我でもしているのかも知れない。なぜ、気付かなかったのだろう。

だが問いかけるよりも早く、ドアがノックされる。

「都築特佐、少しよろしいですか。できれば姫君も」

「……麻宮か、少し待て」

軽く額を押さえていた黎人が、ドアの外に声をかけた。ややしてすっかり無表情に戻りドアを開けると、部屋には麻宮と草一郎、寧々。それに見知らぬ青年が入ってきた。青みがかった黒髪の、すらりとした青年だった。目立つ部分はなく凡庸（ぼんよう）という印象だったが、視線は鋭い。

麻宮が青年に視線を送る。すると、ソファの端にちょこんと座っていた花燐に、彼は敬礼をした。

「宇津木（うつぎ）特士です。お見知りおき下さい」

「え……あぁ、うむ！」

目をしばたたかせていると、黎人は麻宮を一瞥した。

「お前の部下だな。諜報部の」

「はい。彼は入隊してからずっと諜報部なのですが……他の隊の仕事も覚えさせたいと思いまして。北条准特士と交代してもらえませんか？」

「…………！」

出し抜けだったのか、草一郎が驚愕の表情を浮かべる。

「花燐の護衛に？」

「北条准特士には、しばらく僕に付いてもらいます。北条、不服はありませんね？」

「こ、光栄です……」

泣きそうな顔で告げる草一郎を見やり、花燐は心中を察した。

「……草一郎、頑張れ」

「ありがとうございます……」

顎に指を当てていた黎人は「ふむ」と麻宮に目をやり、宇津木に移す。

「いいだろう。とりあえずは赤羽に教われ。本日から邸宅にも同行してもらう」

「了解」

短く答える宇津木に微笑んで、麻宮は「僕はこれで」と草一郎を連れて部屋を出て行ってしまう。

「私も仕事に戻ろう。花燐も帰りなさい」

宇津木と寧々が部屋を出たところで、黎人がそっと手を伸ばす。部下には気付かれないよう、花燐の髪をわずかに撫でたのだ。見上げる黎人の瞳は少しだけ笑っている。だが花燐の脳裏から、痛みに耐える彼の表情が離れなかった。

＊　＊　＊

「怪我、ですか？」

黎人のいない邸宅では、寧々や草一郎と食事を共にしていた。今日は草一郎の代わりに宇津木が席にいたが、細い体とは思えないほど彼はよく食べた。寧々が作った芋煮を頬張りながら、宇津木は花燐に問い返した。

「わからんが……病気とか。わたしは黎人のことをあまり知らない。持病があるとか……そういうのを知らないか？　なにやら調子が悪いようでな」

「そうですねぇ……正直、諜報部員の経歴って極秘扱いなんすよ。それに今は結構な重職ですから、怪我や病気があっても外部には漏らさないはずです。部隊の弱味になるでしょ？」

「……そうよな。周囲に知らせないだろうな、黎人なら特に」

「まぁ、花燐様は一番に特佐を気遣える立場ですから。言わないってことは、今はまだ時機ではないんですよ」

「そうだろうか……」

軽く吐息を零し、花燐は「なぁ」と寧々に視線を移す。

「……諜報部とはなにをするのだ？　黎人は昔、そこにいたのだろう？　わたしは軍隊のことはよくわからぬ」

「私も具体的には知らないんです。とにかく謎が多い部隊で、秘密主義と言いますか」

「大部分は情報収集っすよ。国益になる情報があれば必ず入手せよっていう任務ですね。そっち系のえげつなさでは、都築特佐と麻宮特尉は飛び抜けてますけど。とんでもない出世スピードですよ」

「えげつない？　黎人が？」

「おっと」と宇津木が口を手に当てる。

「あぁ……はい。まぁ……手段を問わないタイプですよね。麻宮特尉なんか特に」

「例えば？」

「敵を捕らえて拷問したりとか、女と寝て情報を買ったりとか……」

「寝る？」

きょとんとしていると、聞き咎めた寧々が宇津木を睨み付けた。

「ちょっと！　特佐の婚約者の前ですよ⁉」

「あぁあぁ……すみません。聞かなかったことにしてください！」

慌てた顔で宇津木は視線を泳がせる。そしてなにかを思い付いたのか、花燐に片眼を閉じて見せた。

「じゃあ、お詫びに情報をひとつ。五年前に刺されたってのは聞いたことあります。本部からちょっと馬で行くと、繁華街があるんです。あんまり柄の良くない場所ですが、そこで派手に妖怪との戦闘があったとか。急所は避けてたんで命に別状はなかったですけど、大きな怪我っていったらそれかなぁ」

「刺された……⁉」

花燐は呆然と問い返した。過去にそんな怪我をしたなど聞いていない。それに、黎人の体に傷などあっただろうか？

しかし脳裏に浮かぶのは彼の軍服姿。素肌を見たことはないのだ。

「その戦闘があった場所に小綺麗な酒場があって、特佐の常連の客がいたって話です。要は特佐が狙われてたんですね。常連に会いに行った時に襲撃されたって資料で読みました」

「常連？」

「情報屋ですよ。女性ですが……まぁ、寝てるでしょうね」

しれっと言い放つ宇津木の襟首を、寧々が締め上げる。

「ちょっとあんた！　いいかげんにしなさいよ！」

「俺、上官だよ⁉」

「知らないわよ、そんなこと！」

「暴力ダメ！　暴力絶対ダメ！」

青い顔で首を振る宇津木と鬼の形相の寧々の間に、花燐は必死に割り込んだ。

「ね、寧々！　落ち着け……っ」

「気にしちゃダメですよ、花燐様！　今が大事なんですからね！」

「よくわからんが……そうだな！」

「あんた！　外を巡回してきなさい！」

「上官に命令するとか……軍法会議もんだよなぁ、もう」

今にも殴りかかる勢いの寧々を必死に押しとどめている隙に、するりと宇津木は逃げ出した。置いてあった制帽を取って、足早に部屋を出て行こうとしたが、不意に足を止める。

「これ、追加の情報です。戦闘の際、妖怪の子供が巻き込まれて死んだらしいですよ。相当ショックだったみたいで、特佐は今でも定期的に墓参りに通ってるそうです」

　それだけ言うと、宇津木はそそくさと部屋を出て行ってしまった。鼻息も荒く見送ってから、寧々は花燐の顔を覗き込む。

「特佐は冷酷無比なこともしますけど、私たちは『子供だけは絶対に傷付けるな』と厳命されています。気にするんですよね、そういうのをすごく」

「……確かに手段を選ばないが、根は優しいんだ。それだけは知っている」

「花燐様……」

「…………」

　しばし閉口して考える。いつか蔵宜に聞いたことがあるし、小説にもあった。異性と同衾するとなると、それは夫婦か恋人だ。つまり黎人に恋人がいたことになる。恋人というなれば、文字どおり恋した人だ。そんな相手が何人もいたのだ。いや、今現在もいるのかもしれない。

　急にわたわたと焦って、湯飲みを持つ手が震えた。

「ね、ね、寧々！　黎人にはその……恋した人間がたくさんおったのか!?　今はどうしておるのだ!?　わたしが横からしゃしゃり出てきて、怒られやしないのか!?　いやわたしと黎人は恋とかじゃないから、問題ないのか!?」

「落ち着いて下さい、大丈夫ですよ！　恋人じゃないと思います！　あくまで仕事の一環です！」

「だが……」

「違います違います！　それにもう過去の話ですからね！　大事なのは今です！」

「おお、そうか……大事なのは今か。ううむ……」

釈然としないまま、乾いた口を潤そうと湯飲みを傾ける。水面が波打っているのは動揺しているからか。ひとつ息を吐いて、じわじわと宇津木の言葉を思い返す。

「子供が犠牲にか……。どんな事情があったにせよ、無念なことよ。なあ、寧々。黎人は、その子供が安全に暮らせる世界を作ろうとしているのではないかの。墓参りは、その報告をしているのかもしれんな。墓参りなら……わたしにもできるだろうか」

「花燐様」

「なにかせねばならぬのだ。ただ黙ってここに閉じこもっているわけにもいかん。なにか、したいのだ。空亡の娘なら、死んだ子供もいくらか慰められようか」

そう言うと、寧々は微笑んで小さく頷いた。

「……了解です。手配しますね」

「恩に着る」

＊　＊　＊

そうは言ったものの、黎人の女性遍歴が気にならないわけがない。食事の後片付けも終わり一度は寝室で横になったが、宇津木の言葉が頭から離れなかった。

それに昼間見た石蕗の姿、謎の情報屋。心痛の種は尽きなかった。思い起こせば彼は常日頃からいたく冷静だ。軍人特有の冷静さか年上の余裕かと思ったが、つまりは彼の経験豊富さの表れではないだろうか。

寧々が言うには、仕事としての恋人がいたのだろう。それはつまり仕事とはいえ体を売ることもやってのけたのだ。大事であるはずの自分の恋を売ったのだ。それだけの覚悟を背負っていたのだろうが、涼しく流せるほど花燐は大人ではなかった。

「うう……眠れぬ……っ」

ベッドから起き出して、底冷えのする階下へと向かう。厨房で茶でも淹れて飲もうかと準備をしていると、音もなく宇津木が姿を見せた。

「あぁ、花燐様でしたか。灯りと物音で駆けつけましたが……どうしたんです？」

「眠れなくて茶でもと……。宇津木特士も遅くまでどうした？」

「俺は見張りですよ。お気遣いなく」

言って彼は作業用の椅子を引っ張り出し、当たり前のように座る。茶を出せということだろうか。花燐はふたり分の茶を用意して、宇津木に手渡す。

「あ、これはどうも」

軽い調子で湯飲みに口を付ける宇津木を見上げ、花燐はぼそっと呟いた。

「さっきの話な……その佳人はあの……美人か？」

「さっき？　情報屋の話ですか？　そうですね……遠目から見た感じ美人でしたよ。長い髪の知的な年上美女。魅惑的なお体をしてましたね」

「知的で年上……」

石蕗も知的な種類の美人だった。もしかして、黎人の好みなのだろうか。対して花燐はずいぶんと幼いし、知的でも豊満でもない。昼間見た石蕗と自分の体を見比べて、そっとため息をつく。

「黎人の周りには綺麗な人ばっかりだの……」

「あぁ、石蕗特士ですか？　噂する人もいますけどね……あれは違いますよ。恋人とか愛人とか、そういうのじゃないっす」

「…………」

無言で見上げていると、宇津木は「いや本当に」と語気を強めた。

「俺の調べでは、特佐はかなり一途ですよ。ひとつ目的を定めたら猛進するタイプです。正直、百鬼の姫様と婚約って聞いた時は、上層部からの命令だし、昇進のための駒かな？と思いましたけどね。目の当たりにしたら、両想いじゃないっすか。びっくりしたなぁ」

「わ、わ、わ、わたしは別に！　好きとかじゃないぞ！」

「……このうろたえっぷりで、その言葉を信じろって言うんですか？　信憑性がないっす」

「無理無理」と手を振る宇津木に、それでも花燐は言い募る。

「黎人だって、わたしを好きな振りをしておるだけだ。なぜならこれは――」

契約だから、そう言おうとしてぐぬぬと口を噤む。これはあまり口外しない方がよいだろうか。苦いものを噛みつぶしたように顔を歪めていると、宇津木は微苦笑を浮かべた。

「見たらわかりますよ。特佐は端から花燐様が好きですって。大事にしているのが透け透けです。同じ男ですからね、そういうのは気付くんです」

「そういうものか？」

「そういうもんです」

即答する宇津木に、花燐は顔を赤くして口をつぐむ。そしてぺしょっとテーブルの上に体を投げ出した。

「わからぬーわからぬー。恋とはなんぞや。黎人にはそんなものの影も形も見えぬぞ」

「ああ、見えた方がいいんですね？　でしたら……なにかおねだりしてみては？」

「おねだり……」

「なにかものを買ってもらうとか。それも目に見える愛の形です。身につけられるものがいいんじゃないですかね。簪とか」

言われてはっと顔を上げる。黎人は言っていた。簪か櫛か贈ろうと。

「そうか。そういう意味だったのか。あの男はわたしに恋を贈ろうとしていたのだ。わたしが恋が見たいと希望したから、見せようとしてくれたのだな。その心意気を無駄にするところだった……。そうか……恋とは簪のことなのだな」

ぶつぶつと呟いていると、宇津木が笑う声が聞こえる。

「百鬼の姫様でも嫉妬とかするんすね」

「嫉妬……。わたしは嫉妬しておるのか？」

「自覚なしすか？　ご心配であれば、特佐の身辺調査でもしますけど？」

「……いや、必要ない。それくらいは信用しておる」

「ふぅん」と楽しそうに笑ってから、宇津木は茶を飲み干す。

「で、特佐の体調の件ですが。どんな様子でした？　怪我が痛む感じです？　かなり悪い感じ？」

「我慢してる風だったな。こう、眉根を寄せて目をつぶって」

「へぇ、いつ頃？」

「今日の昼に会った時だ」

「…………」

宇津木はしばし沈黙したあと、なぜか納得した様子で天を仰ぐ。

「あぁ……あぁ。特佐も大変なんすね。ここ一ヶ月は本部に缶詰だったですしね。そりゃまぁ、うん。同情します」

「やはり例の怪我なのか？　古傷が痛むのだな？」

真剣な眼差しで主張すると、宇津木は真顔で大仰に頷いた。

「まぁ聞いて下さいよ。俺もですね、撃たれたことあるんですよ。そりゃもう、痛いのなんのって。それでやっぱり寒くなると、傷口がしくしくしく痛むんです」

「やはりか⁉」

「温めたらいいらしいすよ、人肌で。これ、俺調べです」

「温めるんだな！　わかった！」

素直に頷くが、彼はなにやら小さく吹き出してこちらを見ている。そして唇の端を持ち上げてにやりと笑い、空いた湯飲みをテーブルに置いた。

「まあでも、都築特佐もお人が悪いからな。陰陽軍の半数を任されていて、更には先陣切って妖怪と戦うわけで。その上、百鬼の姫様と結婚でしょ？　内心穏やかじゃないですよ。諜報員なんて、みんな結構な役者ですからね。ましてや、その中で飛び抜けてるのが特佐ですよ。だったら好きなふりも上手かもしれないな。俺も騙されてるかもしれないっすね」

宇津木の言葉にどきりと胸が鳴る。きっとそうだろう。これは契約であり、黎人が欲しいのは花燐の出自だ。秋一の仇を討つためなら、なんでもするのだ。しかしそれが事実だとしたら、なんと胸の寒いことだろう。

「……そうだろうな」

「軍の上層部なんて、華族ばっかりですからね。ご存知です？　この間の猩々の侵入事件。あれで軍のお偉いさんの中に『悪事を成す妖怪は全て粛清すべき』なんて強硬派が増えたらしいっすよ。悪事なんて一括りにしてますけど、要は自分の都合の悪いことが悪っていう定義ですからね。花燐様も気をつけてくださいよ。くれぐれも上層部には逆らわない方がいいっす。なんだったら、早めに見限った方がいいかも」

「わたしにそんな力はないぞ」

「ご自分でわかっていらっしゃらないかもしれないですが、百鬼の角ってだけですごいんですよ？　一声掛ければ、日本中から空亡派の妖怪が集まります。それだけの影響力があるんです。もしかしたら……花燐様がその気になれば、軍部なんてひっくり返せるかもしれません。どうします？　やってみます？」

まるで唆（そそのか）すように、宇津木は低く囁く。花燐は少し考えて、難しい顔のまま宇津木を見やる。

「大きな戦にでもなったら、割を食うのは力を持たない人間と妖怪だ。食うものもなく、家を戦火に焼かれて良いことなどない。それに寧々や草一郎や……おまえも黎人も敵になると言うことだろう？　そんなことは嫌だ」

ろくに食べるものもなく、空腹に耐える辛さは知っている。追われて親と家をなくす悲しさもだ。その苦しさを他の誰かが間違いなく負うことになる。それが最善とは思えないのだ。

すると宇津木は一瞬だけきょとんとして、自分の顔を指さした。

「その中に、俺が入っているんです？」

「当たり前だ。おまえはわたしによくしてくれるだろう？　妖怪の護衛をしろなどと言われて、嫌な顔もせずにこうして付き合ってくれるではないか」

「俺もあなたを騙しているのかもしれませんよ。言ったでしょ？　諜報員なんてみんな役者なんですから」

「騙されたならそれでもいい。良くしてくれたことに変わりはないぞ。その事実に感謝しているのだから」

「…………」

「特士？」

「……ひどいお人好しですねぇ」

宇津木はなぜか破顔して制帽を手に取り、指先でくるくると回す。

「嘘みたいな武功を挙げて勲章をもらいまくりの特佐も、あの空亡の娘さんの花燐様も、普通のヒトなんすね」

「皆はわたしを姫などと持ち上げるがな、そんなご大層なものじゃないぞ。なにもできないただの小娘だ。文句があるか？」

「いえ、全然。むしろ安心しました。いいんじゃないすか。才色兼備で完璧なヒトよりも、泥臭くもがいて生きてるヤツの方が信頼できるってもんですよ」

「黎人と同じことを言うのだな」

「現場の兵士はそういうもんです」

「……本当はな、いろいろとできるようになりたい。父様のように」

父との思い出も、もはや薄れている。脳裏に浮かぶのは、いつでも頼りになる絶対的な大妖怪である父の笑顔だ。

「空亡もずいぶんと面白みのある鬼でしたよ。完全無欠な大妖怪じゃないっす。できないこともたくさんあって、それを周りの妖怪が助けて……愛嬌って言うんですか？　とにかくヒトを惹き付ける鬼でしたよ」

「父様を知っておるのか？」

「そういう資料を読んだことがあるって話です」

だから完璧を目指さなくても良い、宇津木はそう言っている気がした。

その時、不意に厨房に寧々が飛び込んできた。

「あんた！　外の警備は!?」

「あ、はいはい。すぐに向かいますよ。俺……上官なんだけどなぁ」

ぶつぶつと言いながら、宇津木は制帽を被る。

「あぁ、さっき寧々から聞きました。お尋ねの墓地は、郊外の古い共同墓地です。お供しましょう」

「ありがとう、宇津木特士」

「では、明日にでも。寒いですよ。お覚悟下さい」

＊　＊　＊

翌日、宇津木の案内で訪れた墓地は、思っていたよりずっと寂れていた。剥き出しの地面には草もなく、ごろごろと石が転がっていた。

帝都付近で亡くなった妖怪を一緒くたに埋葬しているのだろう。何十箇所も土が盛られた場所には墓石はなく、古びた木の杭が刺さっている。そこに名前も日付もない。その墓標に冷たい風が吹き付けていた。

「名前も場所もわからないのか……」

花燐は無数の墓標を見て、そっと呟く。黎人が気に掛けていた子供は、盛り土の一体どこに埋葬されたのか不明だ。案内役の宇津木にもわからないと言う。花燐はただ瞑目するしかなかった。

故人を偲ぶのだからと色のない洋装を選び、角を隠すいささかに大きなつばの帽子を被った。強い寒風に飛ばされないようにと帽子のつばを押さえていると、背後に控えていた宇津木は淡々と告げる。

「東側と言っても妖怪はいます。元々住んでいた場所を離れられない妖怪も多いですからね。人目を忍んで隠れ住んで……それを陰陽軍が見つけて小競り合いや抗争が起きます。どうしたって生活は貧しいですよ。飢えや寒さに耐える弱者には、満足な墓なんてありません。むしろこれくらいちゃんと埋葬されているのは運が良い方です」

「……わたしはなんにも知らなかったな。東の寒村に閉じ込められていたのも、今思えば幸運だったのかもしれん。少なくとも、飢えや虐げられて死ぬことはなかったのだから」

　表情を曇らせた花燐を気遣うように、控えていた寧々も口を開く。

「体が無事でも、心が死んでしまったらどうにもなりませんよ。そうなる前にお助けできてよかったです。それにこれからですよ。特佐と花燐様が正式に結婚されて、妖怪側との和平が進められれば、今より余裕ができるはずです」

「特佐は諸外国との交易も視野に入れているとか。物資と雇用があれば、人々の財が潤います。心の余裕はお金の余裕。様々なことが、今よりも寛容になるのではないかというお考えですね」

　次いで宇津木も言葉を足したが、花燐は神妙な顔でふたりを振り返る。

「やはりわたしは、黎人の提案を待ってるだけじゃ駄目なのだと思う。自分で考えて行動しないと……なにかできることはないだろうか。いろいろなものを見て、自分で考えねばならん」

　そうは言っても、投げ打つ私財もない。物資を融通できる人脈も交渉力もない。人を従える力もない。この身の無力さを感じ、花燐は立ち尽くす。

「都築特佐も考えておられますよ。花燐様になにができるのか、どうすれば東西を統一できるのか。状況を見て熟考しているんです」

「そうだな……」

　下手に動けば黎人や寧々たちにも迷惑がかかる。かといって、ただ屋敷に閉じこもっているのも違うだろう。葛藤に苛まれて口をつぐんでいると、宇津木がそっと動いた。

「俺、人が来ないか見てきます」

その場を離れる宇津木を一瞥して、寧々は柔らかな笑顔を花燐に向けた。

「みんなで考えてみましょう。特佐には及びませんが、良い案がでるかもしれません。できないことを悩むより、ずっと建設的です」

「寧々……ありがとう」

「そろそろ戻りましょう。この寒さは体にこたえ――」

不意に寧々が振り返る。

いつの間にか、見知らぬ男たちに囲まれていた。身なりの貧しい、いかにもごろつきといった風貌だ。剣呑な形相から、明らかに害意を持っている。

寧々が察して腰の銃を抜いた。しかし引き金に指をかけるよりも早く、男に腕をひねり上げられた。銃を落としながらも寧々は悲鳴を堪え、花燐に叫んだ。

「お逃げ下さい！」

「寧々！」

だが、花燐にも男たちの手が迫っていた。あっという間に取り押さえられ、薬品を含んだ布を口と鼻に押し当てられる。すぐに意識が混濁し、体から力が抜けていく。

様子を見に行った宇津木は無事だろうか。寧々は？　ふたりの安否もわからないまま、花燐は意識を手放した。

＊＊＊

「おい、あんた。大丈夫なんだろうな」

男の緊迫した声で、花燐は目を覚ました。

そっと見回すが薄暗い場所に居た。納屋だろうか。無造作に放置された農具が見える。

窓は外側から板を打ち付けられて、外からの光を遮っていた。

隙間からわずかに差し込む赤い光が、夕刻を告げている。体に痛みを覚えて見やると、
どうやら縄で手首と足首を縛られているらしい。

「花燐様……」

すぐ隣で、寧々の声がする。

はっきりと意識を取り戻した花燐のそばに、彼女の顔があった。

「寧々……！」

「し、静かに。あいつらに気付かれます」

花燐と同じように縛られた寧々は小さく笑って、もぞもぞと体を動かす。しかしそばに
居たのは寧々だけではなかった。

息を殺しながらもあとふたり、同じように縛られている少女たちがいる。兎のような耳のある娘と、鴉の羽根を持つ娘。どちらも極めて器量の良い妖怪だった。

兎と烏天狗の少女は、花燐の顔を見て目元を潤ませる。

「もしや、その角は百鬼の……？」

「ご存命であったことは喜ばしいのですが……まさかこんなところで……」

「おまえたちは？」

呆然とする花燐に寧々は声を潜めた。

「誘拐されたようです。我々を襲撃したのも花燐様が目的でしょう。噂には聞いたことがあるのですが……妖怪を売買する組織があるとか」

「身柄を売るというのか？」

「はい。なんでも海外では、日本の妖怪に高額の値が付くらしく。顔立ちの整った少女妖怪が狙われているそうです」

「なんと外道なことを……！」

花燐同様、それを聞いた少女たちも顔を強張らせた。海の外へ売られてしまえば、二度と故郷へは戻れないだろう。愛玩用か、それとも実験用か。どうせろくなことにはならない。

そうしている間に、寧々はブーツの靴底に仕込んでいた薄刃の小さなナイフを取り出した。後ろ手にそれを摑んで、花燐の縄に押し当てる。

「花燐様の情報がどこからか漏れたようです。墓地へ行くことは一部の人間しか知らなかったはずですが。宇津木特士は姿が見えません」

寧々は歯を食いしばり、なんとか花燐の縄を切る。そのナイフを受け取り、花燐は足を縛る縄を切った。その拍子にナイフの刃が欠けて、真ん中から折れてしまう。

このままでは寧々たちの拘束が解けない。ナイフを諦め手で縄をほどこうと、花燐は寧々に手を伸ばした。

「花燐様、私のブーツの中に小さな銃が隠してあります。運良く見つからなかったようです。それを持ってお逃げ下さい」

「寧々……。皆を置いていくことなどできん」

「どうか花燐様だけでも。花燐様がご無事であることが、皆を救うとお考え下さい。その隅に隠れて……私が騒ぎを起こします。その隙にお逃げ下さい」

寧々のブーツから手の平ほどの銃を受け取りはしたが、花燐は首を振った。

「そんなことはできん。どうにか逃げるぞ」

「軍に報告を。特佐が動いてくれます」

「しかし……」

「姫様、行って下さい」

「大丈夫です。我々が時間を稼いでみせます」

気丈に言うものの、少女たちの顔は蒼白だった。おそらく逆の立場なら、花燐も同じことを言っただろうが。

しかし三人を置いて、ここを脱して軍本部に飛び込めるだろうか。そのまま救出に取って返して……その間、三人は無事で過ごせるだろうか。

　とてもそうは思えず、銃を持つ手が震えて立ちすくむ。だがやがて、数人分の足音と声が近づいてきた。

「普通の妖怪はまだ買い手がある。だが、空亡の娘だぞ？　ちゃんと売り払う伝手があるって言ったよな」

「適当なところへ売ったら必ず足が付く。買い手は信用できるんだろうな!?」

　男たちが現れ、花燐は凍り付いた。とても、隙を突いて逃げるという状況ではない。せめてと、花燐は銃を背中に隠す。

「ぜひとも欲しいという方を知っています。安心安全、信頼できる上客なのでご安心下さい」

　男たちにそう言った声があった。

　花燐と寧々は耳を疑う。男たちの後ろから現れたのは、宇津木だったのだ。

「あんた、裏切ったの!?」

　厳しい声を上げる寧々に気付いて、宇津木は肩をすくめる仕草をする。

「あ、目が覚めた？　寝てれば良かったのに……花燐様もいつの間にか自由になってますね。ナイフかなんか隠し持ってたのかな」

　男たちは花燐の手と足が拘束されていないことに気付いて、怒りの表情を浮かべて近づいてくる。

「おまえ……縄はどうした⁉」

「やめろ！　傷を付けるな。値が下がる」

血相を変えて言い募る男たちを見て、愕然とした。

「……おまえたちが妖怪を売ろうと言うのか。人間のおまえたちが。どういうことだ」

「どうもこうも、見てのとおりだよ。金がいるんだ。それだけだよ」

「人間など信用ならんと思っていた。妖怪に対して非道な仕打ちをする人間など。それがここ最近、ようやく信用に足ると思っておったのに……宇津木特士までもわたしの信頼を裏切るのか」

睨み付ける花燐に、宇津木は飄々と言い放つ。

「裏切ってませんよ。俺は兵士じゃない。諜報部に潜入していた密偵ですから」

「密偵だと？」

眉根を寄せる花燐の目の前で、宇津木の姿が変容していく。いびつな黒い翼が生え耳が尖り、顔に痣のような文様が浮かび上がる。妖怪のそれだった。

「おまえ、妖怪だったのか！」

「稼げると思って正体を隠し、三年前から軍に潜入してましたが……この度、大金を積まれて、とある上客に依頼されましてね。花燐様の身柄が欲しいってことで。いやぁそれにしても、麻宮特尉の監視が厳しいのなんのって。ようやく隙ができたんで、一緒に来てもらいますよ。できれば生きたまま。折を見て交渉の材料にさせていただきます。あなたと引き換えなら、都築特佐も言うことを聞いてくれそうだし」

「わたしを買おうなどと……ずいぶんと酔狂な者がいるな」

応じるつもりは毛頭ないが、花燐には状況を打破できる手段は限られていた。このままおとなしく連れて行かれてしまえば、黎人はきっと花燐を助ける方法を選ぶだろう。どんな手を使ってでも。宇津木の言う客が妖怪であるなら、戦争を仕掛けてでも。

ならばと、花燐は持っていた銃を自分のこめかみに押し当てた。それを見て、男たちが青い顔で叫ぶ。

「銃まで持っていたのか！」

「欲しいのは生きたわたしだろう。そこをどけ！　寧々たちを解放するんだ！」

「さすが百鬼の姫様。勇気あるー」

軽い調子で手を叩き、宇津木は腰から銃を引き抜いた。

その銃口を花燐に向けると思いきや、彼は男の太ももを打ち抜いた。パンと乾いた音と同時に、男がその場に崩れ落ちる。

「おまえ……なにをする！」

「あ、すいません。誤射です」

悲鳴を上げてうずくまる男に、宇津木は笑顔を向けた。

「もうちょっと俺の話を聞いて下さい。じゃ、子供の時の話でもしましょうか。人妖大戦が真っ盛りの頃でしてね。食べるものもないし、住むところも焼け出され……空腹と寒さで大変なもんでしたよ」

「……おまえ、なんのつもりだ！」

男はうろたえて叫ぶ。

「なにって……時間稼ぎですよ」

「時間稼ぎだと⁉」

花燐の目の前で、男たちと宇津木が睨み合う。

「宇津木特士……？」

花燐は呆気にとられて立ち尽くすも、男は声を上げて同胞に指示を出す。

「もういい！　そいつも鬼の娘も殺せ！　普通の妖怪の娘だけ、いつもの買い手に売ればいい。金さえ手に入れれば、海外へ逃げ切れる」

「させるか！」

花燐は男たちに銃口を向ける。これは他者の命を奪う道具だ。寧々と草一郎に使い方を教わったが、銃を持つ手は震え、引き金にかけた指が冷たく強張った。

「箱入り娘には、人なんか撃てないだろう」

男はせせら笑う。だが花燐は大きく息を吸い込んで、銃を構え直す。

「黎人だって、自分の手を汚してきたんだ。わたしだけ綺麗なまま生きるなんて……不公平だからな」

言って、男のひとりに狙いを定めて引き金の指に力を込める。

この機会を逃せば、きっと寧々たちも無事では済まされない。そうなる前に、自分がやるしかないのだ。

引き金を引く瞬間、花燐は思わず目を瞑った。次いで、パンと発砲の音。罪悪感で膝から崩れ落ちそうになった時、遠くで覚えのある低い声が聞こえた。

「制圧しろ」

なんの前触れもなく、黒服の兵士たちが乗り込んできた。

速やかに男たちを拘束した頃、厳しい表情の黎人が姿を現した。彼は現場を見回し、男たちに冷ややかな視線を送る。

「妖怪の販売ルートも客も、全て吐いてもらうぞ」

「連れて行け」と短く指示を出すと、兵士たちは無言で男たちを引き立てる。その中に花燐が銃口を向けた男もいた。死んではいなかったのかと呆然と見送る花燐に、宇津木が小さく苦笑する。

「あんたは撃ってないよ」

言って彼は、黎人を見やった。

「そろそろ来る頃だと思ってました」

「宇津木特士を拘束しろ」

「は」

黎人の部下に両腕を押さえ込まれ、宇津木はその場に膝をつかせられる。他の兵士が寧々や、兎と鳥天狗の少女の縄を切った。

寧々の腕を取って立たせながら、黎人は言う。

「よく持ち堪えたな、赤羽」

「力が及びませんで……」

「大丈夫か、花燐。指を……」

黎人は花燐の手を取る。銃を握ったまま冷たく強張った指を、ひとつひとつ丁寧に外して銃を引き取った。

「黎人……」

「遅くなってすまない」

黎人の優しい声を聞くと、今更恐怖が襲ってきた。ずいぶんと危ない橋を渡ってしまったと、体から力が抜けていく。人目も気にせず、彼は花燐を痛いくらい強く抱き締めた。

堪らず震える手で黎人の腕に縋(すが)り付いていると、麻宮が音もなくやってくる。

「外も制圧しました。全員拘束して本部へ送ります」

涼しく言い放つ麻宮に、宇津木は小さく笑った。

「……あんた、相当な狸(たぬき)だな」

「騙し合いは諜報員の基本ですよ」

「黎人、どうしてここがわかったんだ?」

震える声で言うと、紫の瞳が鋭く細められる。

「北条に、きみたちを尾行させていた」

「草一郎に？」

問い返すと、宇津木は低く笑った。

「下手くそな尾行でしたよ。気付いてくれと言わんばかりの……。俺の素性はバレてるんだなと確信しました」

「気付いていて、黙っていたのか？」

「……麻宮特尉の追跡から逃げ切れる気がしなかったんでね。都築特佐もここへ向かうだろうし……どうせなら恩を売ろうかなって」

膝を突いて拘束されている宇津木に、黎人は静かに銃口を向けた。

「さて、よそからの密偵の処分など、大方決まっている。依頼人への忠誠心でも試してみるか？」

「だ、駄目だ！」

花燐は思わず、黎人の銃口を天に向ける。しかし驚きはせず、黎人は淡々と口を開いた。

「なぜ庇う？」

「助けてくれたんだ！　宇津木特士がいなかったら、わたしたちはおそらく無事ではなかった」

「お美しい姫様だ。博愛に溢れていらっしゃる」

どこかからかうような宇津木の言い方に、花燐はむっと眉を上げた。

「わたしは……皆が持ち上げるような姫ではない！」

「知ってますよ。欲も嫉妬もある普通の女の子だ。依頼人はずいぶんと、あんたを買い被っていたらしい」

　宇津木は顔を伏せたまま語る。黎人もまた、冷めた表情で彼を見下ろした。

「選択肢はふたつだ。潔くここで死ぬか、麻宮の悪辣な拷問にかかって全てを吐いて死ぬか。選ばせてやろう」

「密偵としての矜持（きょうじ）があるなら、簡単に口を割らないでしょう。時間をかけて痛めつけてみますか？」

　麻宮の進言に、宇津木がわずかに顔を上げる。黎人は察して視線で促した。

「言いたいことがありそうだな」

「……天閃（てんせん）って知ってますか？」

「空亡の片腕だった妖狐だな。だが、それを名乗る妖怪が複数いることも確認している」

「俺に依頼してきた天閃は、老婆でした。びっくりするような多額の報酬を提示してきて、どうしても花燐様の身柄が欲しいって話でした。一も二もなく飛びつきましたよ。妖怪売買のやつらと同じで、俺みたいな妖怪にも金が必要なんでね」

　宇津木の言葉に、花燐はわずかに顔を顰めた。

「東で暮らしにくいなら、西に行けばよい。少なくとも帝都でやっていくよりは、金も必要なかろう」

　しかし宇津木は皮肉に唇を持ち上げて笑う。

「俺は鵺です。しかも中途半端な。見て下さいよ、この翼。こんなに歪んでうまく飛べやしないんです。俺みたいな妖怪にもなりきれない半端者は、西に行ったって爪弾きですよ。だから金がいるんです。生きていくためにね」

「でも」と言葉を続ける。

「姫様みたいな背筋伸ばして懸命に生きているのを間近にしたら、なんだか眩しいっすね。人間でもない妖怪でもない、半妖なのに……度が過ぎたお人好しで。でも案外、そういうタイプが大事を成し遂げたりするんですよね」

　むっと閉口していると、黎人は抑揚のない口調で語る。

「おまえは大戦を知っている。本当の飢えと住み処を追われる悔しさもだ。鵺というのは隠密に長けている。戦時下では多くの鵺が密偵として動いていた。おまえの同族もそうだっただろう。だが、敵に情が移るようでは密偵としては無能だ。あの世で悔いろ」

「……あの世に行くには未練がありますね。あんたはまだまだ、なにかを企んでる。でも、その尻尾は未だに摑みきれない。姫様も心配ですよ。よくもまあ、俺みたいのを信用できますね。もうちょっと他人を疑うことを覚えた方がいいっす」

　宇津木の言葉にしばし沈黙してから、黎人は銃口を外す。

「なら、選択肢をひとつ増やそうか。首輪を付けたまま、私につけ」

「二重の密偵になれってことですか？　確かにそれも面白そうですね」

言ってひとつ笑ってから、宇津木は真っすぐに黎人を見上げる。

「いろんな客と取り引きしてきたけど、あんたが一番面白そうだ。あんたの野望の先が見られるなら、働きますよ。俺、自分がよければなんでもいいんで。あ、衣食住の保障もお願いします」

「処分を一考しよう」

黎人が銃を下ろすのを確認して、麻宮は素早く口を挟む。

「彼を僕にください。我が軍は空前の人手不足ですから、従順な飼い犬に躾けて見せますよ」

「最初からそのつもりだっただろう。それと今後一切、花燐を囮にするな。ルートを洗う捜査も随時私に報告しろ。今日だって報告が遅れていたら危険だった。私が間に合わなかったらどうする気だったんだ」

「姫君に危険はないと判断しました。部下に見張らせていましたし、宇津木がほだされて寝返ると計算した上ですが？」

「駄目だ」

「いい餌なんですけどねぇ」

「麻宮……」

黎人が窘めると、麻宮はわざとらしく肩をすくめてみせる。

「囮……」

花燐は小さく呟く。全ては筋書きがあったのだ。自分が連れ去られたのも、計算の内だった。おそらく誘拐をもくろんだ組織を捕らえて、妖怪の販路を探って潰すため。

これが諜報部のやり方だと気付いて、背中が寒くなった。それを見透かすように、麻宮はこちらを振り返る。

「あなたは確実に妖怪の少女たちを助けたんですよ。あなたが墓地に出向かなければ、彼女たちは他国に売られていました。きっと死んでいましたよ」

そう言われてわずかに安堵した。自分ができることをやったのだ。それが少し、誇らしかった。

「麻宮」

再び黎人の窘める声が飛ぶ。

「はいはい。報告書はあとで提出します」

麻宮は至極真面目な顔で敬礼をすると、宇津木を連れて立ち去ろうとする。だが一度振り向いて、花燐ににこりと微笑んだ。

「大丈夫、自分の行動に胸を張りなさい」

それだけ言うと、今度こそ行ってしまう。引き立てられる宇津木の背中を、花燐は静かに見送ることしかできなかった。

「宇津木特士……」

「あまり心を許すな」

すぐそばで、黎人が低く囁く。

「宇津木は……そんなに悪いやつじゃないぞ」

「……きみを欺いた密偵でもあるが、男だ。私以外の男に気を許すとなると、内心穏やかではない」

「……嫉妬か？」

「そうだ」

彼はわずかに目元を緩め、小さな声で告げる。

どこか安心した。宇津木が言ったように、黎人も普通の人間なのだ。

自分と同じように嫉妬もする。気を揉んでいたのは自分だけではないと知り、少し微笑んで黎人の手を握った。

＊＊＊

さすがにこの日は仕事を切り上げ、黎人は一緒に邸宅まで戻ってきた。

風呂に入って落ち着いた頃、じわじわと縛られた手首が痛んでくる。寝室でベッドに腰掛けた花燐に黎人は片膝をつき、冷水で濡らした布で手首を冷やしてくれる。珍しく表情が沈んでいた。

「すまない。もっと早く麻宮の謀略に気付いていれば……アレは本当に見境がない」

「アレ……」

「全く、アレの秘密主義にも困ったものだ。いつも私は振り回される」

「アレ……」

麻宮の名が出る度、一際胸の中がもやもやする。

そしてようやく気が付いた。嫉妬するべきは石蕗や情報屋ではない。麻宮と気の置けない仲なのは結構だし、黎人には必要だ。それにしても、黎人の言い方が絶大な信頼関係にある恋人に対する愚痴のように聞こえてしまい、花燐は思わず唇を尖らせた。

「黎人は麻宮特尉と、とても仲がよろしいのだな」

「それは嫉妬かな？　きみの怒った顔も悪くないが、向ける相手が違う」

「そうだろうか」

「大丈夫か？　きみに怪我をさせてしまうなど情けないにも程がある」

頬を膨らませていると、黎人の指が擦り切れた手首に触れた。痛そうに顔を顰めている様子を見て、はっと思い出す。

「これくらいなんでもない。それよりも、おまえも怪我をしているのだろう？」

「私が？」

心当たりがないという顔をするので、その眉間を指でつついた。

「いつもここに皺が寄っておる。昔、刺されたのだろう？　その古傷が痛むのだ。違うか？」

「ほう……誰に聞いた？　宇津木だな？　墓地に行ったということは、その辺りの事情も聞いたな」

　宇津木の名を匂わせると、どうにも嫌そうな空気を纏わす。言ってはいけなかったのかと押し黙っていると、黎人は小さく息を吐いた。

「怪我を負ったのは自分の未熟さゆえだ。子供を救えなかったこともだ。終わったこととはいえ、ずっと心のどこかに引っかかっている。もう二度と、こんなことがあってはならないと。確かに古傷だ。今でも痛む。人間でも妖怪でも、目の前で子供が死ぬのは辛いものだ」

「それを思い出して痛いのか？　だから我慢しているような顔をするのだろう」

「顔に出ていたと言うのなら、それはきっと……きみのことだ」

　唐突に当事者にされて、訝しげな目を向ける。

「わたしはおまえの怪我と関係ないぞ」

「私は十一年前、きみの苦境を見過ごした。私が未熟で無力だったからだ。きみを見殺しにしたも同然だ」

「死んではおらん。そういえば麻宮特尉が言っていたな。黎人も特尉も、あの寒村に居たと。本当か？」

「……本当だ」

　そう言ってから立ち上がり、椅子を引いて座る。

「私は子供の頃、空亡に助けられた。文字どおりの命の恩人だ。その恩人と約束したんだ。きみを必ず幸せにすると」

「父様と？」

「だが私は、あの時あの寒村で、きみを助けることができなかった。見ていることしかできなかったんだ」

「仕方あるまい。十一年前だと、おまえはまだ子供だっただろう。なにができたと言うんだ」

「それでも、だ」

黎人は膝の上で手を組む。

「十一年もの間、きみの窮地に手を出せずにいた。紛れもない事実だ。申し訳なく思う」

「……黎人は父様との約束で、わたしと婚約などと言い出したのか？」

自分で言って、なぜか落胆した。黎人は別に、空亡の娘であればなんでもよかったのだ。死んでいった者との約束を果たそうとしただけで、別に自分じゃなくても構わないのだろう。そこには愛も恋もないのだ。やはりただの契約である。

そう感じて表情が沈む。しかし黎人はちらりと視線を向けて、目を細めた。

「きみはすぐ顔に出るな。婚約の話を上に進言したのは確かに私だし、きみを助けるための方法のひとつだと考えた。空亡との約束を果たすだけでいいのなら、それで終わりだ。なぜ私が、きみの周囲にたかる男共を疎ましく思うのか、考えてほしいな」

「……黎人は部下思いだから、わたしに関わるよりも自分を構ってほしいから」

「逆だ」

「なぜそうなるんだ」と淡々と付け足して、やおら立ち上がる。そしてわざわざ隣に座って、抱き寄せてくるのだ。

「な、な、なにをする!?」

「きみを大事にしたい。傷つくことがないように仕舞っておきたい。しかしそれは、きみの望むところではない。だから私は、きみを自由にしたい」

「う、うむ?」

「きみの意思を尊重したいし、やりたいことがあるのなら全力で援護しよう。できれば好かれたいが、きみは私を好きではないと言う。それだけが残念だ」

心底無念そうに吐きだして、黎人は手を伸ばす。いつかのように角に触れようとしたが、顔を顰めてその手を引いた。痛みに耐える、あの顔だ。

「おまえは……わたしの角に触れないな。顔や髪や手に触れるくせに」

「……私が触れていいものではない。私のような……手段を選ばない汚れた手ではな」

ぼそりと呟く声に、本音なのだと悟った。本当に自分の手は汚れていると思っているのだ。あの寒村に辿り着くまで、言えないこともやったのだろう。だがそれを、花燐はどうして汚れていると思うだろうか。

花燐はぐっと目に力を入れて、黎人の手を摑み上げた。そしてそのまま、無理矢理に自分の角に触らせたのだ。

「花燐……？」

「わたしだってな、汚れているぞ。今日わたしは人間を殺そうとした。あの妖怪の少女たちを……寧々を救おうと思って腹を括ったんだ。やったかやってないかじゃないぞ。誰かを救おうと覚悟したんだ。おまえとわたしの、なにが違うと言うんだ」

珍しく目を開いて、紫の瞳が見据えてくる。

「自分を汚いなどと言うな。わたしをお綺麗な姫として扱うな。些事(さじ)に嫉妬する、わたしとおまえに差違などない。わたしはな……寧々たちを救ったんだ。ようやっと、自分の手でなにかを成したんだ。誇らしかったぞ。結果としておまえの手を煩わしたが……初めて役に立ったのだ。ここに居ても大丈夫なのだと……ようやくおまえと肩を並べる資格を持ったと思ったぞ」

「……資格など、そんな大層なものはないよ」

「おまえの手は、大事な約束を守るために踏ん張ってきた手だ。わたしの角などいくらでも触れ。汚いなどと言うやつがいるのなら、わたしがぶっとばしてやるぞ」

鼻息も荒く言い放つと、黎人は小さく笑う。

「……そうだな。今は大局を見よう。きみと私の親の仇を探さなければいけない。実は以前から天閃の行方を追っていたんだが、ここにきてようやく動向が摑めそうだ。きみがいなければ、宇津木は動かなかった。きみの行動が突破口を開いたんだ。この機会を生かそう」

「二重の密偵というやつか。天閃というのは？」

「さっきも言ったが、空亡の片腕だった妖怪だ。だがやつは妖怪至上主義で有名でな。同じ思想の妖怪を率いて、大戦時に軍はずいぶんと手酷くやられた。いつからか、人間を擁護する空亡とは対立していたと聞く。空亡を謀殺する動機はあるんだ。疑う余地がある。そんなやつが空亡処刑後から消息を絶っている。それがここにきて、きみの身柄欲しさに宇津木を使った。だが天閃を名乗る者が複数人いるとなれば、本人なのか配下の組織なのか……ともかく一枚岩ではないかもしれない。もしくはそう思わせたいのか……別の思惑があるのか」

「ともかく」と黎人は続ける。

「ようやく接点を手に入れた。これを使わない手はない」

「あまり宇津木を危ない目に遭わせるな」

「……ほう。また私に嫉妬させたいのかな？」

急に艶っぽく低い声で囁くので、慌ててその頬をぺちんと叩いた。

「おまえもだ！　おまえも危険な目に遭うな！　誰も彼もだ！」

「善処しよう」

それだけ言って黎人は立ち上がる。その去り際、やおらこちらの頭を抱き締めると同時に、角に口付けたのだ。

「おやすみ」と残して部屋から立ち去る姿も見送れず、花燐は顔を真っ赤にして寝台に倒れ臥(ふ)し、悲鳴を上げた。

「……動悸が止まらん！　これはなんぞ！　病気ではないのなら好きということか！　いや違うぞ！　恋というのはもっと華やかなものだ！　毎日が安寧と幸せに満ち満ちているのだ、そうだろ蔵宜！　今わたしの心臓は暴れん坊だ！　こんなに波乱な気持ちは恋ではないのだ！　認めないぞ！」

　だがしかしと、起き上がる。

「黎人は嫌いではない。では好きなのだろうか……嫌いの反対は好きだからな。よしわかった。好きということにしよう。これは恋なのだと仮定しようではないか。人によって恋は千差万別。わたしの恋は暴風雨なのだ。よし！　わたしは黎人が好きである！」

　ひととおり叫ぶと、ドアの向こうから低く笑う声が聞こえた気がした。聞かれたと察し、再び花燐は悲鳴を上げた。

「北関東の端っこへ視察に行って下さい、今すぐ」

黎人は焼き上がったパンを口に運ぶ動作を一瞬止めて、ちらりと軍服の麻宮を見やる。

いつものように軍本部へ出勤しようと慌ただしく朝食を取っていると、なんの先触れもなく麻宮が邸宅にやってきたのだ。

「おまえはまた、突然来て脈絡もなくなにを言う」

「視察というのは口実です。働きすぎですからいいかげん休んで下さい。実は先週から決まっていましたが、言ってもあなた、強引に出勤するでしょう？　ついでに姫君も一緒に」

「わたしもか？」

突然名前を出されて、花燐も紅茶を入れる手を止めた。

「ほう……いつまでに戻ればいい？」

「一週間は帰ってこないで下さい」

「一週間も本部を離れろと？」

「そうです。僕がしっかり留守番してますから、温泉にでも浸かってゆっくりしてきて下さい。これ、諸々の観光資料です。馬車の中で読んで下さい。北条、赤羽」

黎人がちらりと視線を流すと、給仕をしていた草一郎と寧々が慌てて居住まいを正している。宇津木と入れ替わる形で草一郎は戻ってきた。どうやら散々にこき使われていたようで、花燐付きに戻ったことに安堵したらしい。

「黎人と姫君に同行を。あと、黎人が仕事をしないよう、くれぐれも見張っていて下さい」

「りょ、了解」

にこりと微笑む麻宮に気圧され、両名は強張った顔で敬礼をする。それを目の端で眺めて、表情も変えずにパンに齧り付いた。すると麻宮は目の前に厚い封筒を置いて、さっさと踵を返してしまう。

「いいですか、ちゃんと休養するんですよ。早めに帰ってきたら叩き出しますからね」

そう念を押すと、麻宮はこちらの了承も聞かずに邸宅を出て行ってしまう。その姿も見送らず、何事もなかったように食事を再開して、黎人は「ふむ」と唸った。

「私が休まないと下も休めない、というやつだな。先日、きみを囮にしたことの謝罪も含まれているだろう。アレはなかなか素直じゃない」

「アレ……」

麻宮の呼称が気になるのか、花燐はわかりやすく嫌な顔をした。しかしすぐに顔を輝かせ、テーブルに身を乗り出す。

「い、今から……行くのか？　今日？　温泉と言ったか？　知っているぞ。お湯がしゅぱーんと湧き出て、猿が入って、怪我がたちまち治るやつだな。見てみたい！」

「近からず遠からずだが、私やきみがどうこう言っても今更予定は覆らない。素直に出掛けよう」

「すぐに準備する！」

走り出す花燐を眺めて、ようやく黎人は食事を中断した。荷物をまとめるために二階へ駆ける姿を追って、紫の目を少し細める。

「……休暇など久し振りだが……悪くないな」


速やかに荷物をまとめた黎人と花燐は、四頭立ての馬車に揺られていた。御者を北条に任せ、寧々は馬で護衛として並走する。麻宮が置いていった資料を広げていると、花燐が覗き込んできた。ちらりと視線を上げると目が合う。途端に彼女はあたふたと目を泳がせたが、どうしても資料が気になるらしい。ちらちらとこちらを見るので、黎人は微かに笑う。

「それほど大きくはない温泉街だ。百瀬（ももせ）という家が源泉を掘り当て、急速に発展したらしい。近くに陰陽軍の北関東基地があってな、湯治に利用することも多いそうだ」

「ほう。楽しみだぞ。大きな風呂に入るのだろう？」

「……うん。それなんだがな」

眉間に皺を寄せて、資料の一点を指す。そこには施設の名前で『妖怪のご入浴をお断りします』の文字があった。

「差別だ！　公然と妖怪を差別しておる！　わたしも温泉に入りたい！」

「そこでだ、花燐」

黎人が封筒の中を探ると、小さな木箱が入っている。開けると、木製の指輪が収められていた。

「それはなんだ？」

「宇津木から……というのが非常に気に入らないが、きみに差し入れだ。妖怪である正体を隠して軍に入り込むようなやつだからな、相応の道具を持っているんだ。これを指にはめると、人間の姿に化けられるらしい。きみの場合だとその角が隠れるのだろうな。ただ永久的に効果があるわけではなく――」

言い終わらないうちに、花燐は指輪を手に取ると躊躇なくはめてしまう。すると、向かいに座っていた花燐の角が、瞬時に消え失せたのだ。

「ほう……幻覚の呪でも彫ってあるのか。見事なものだ」

「おお！　角がなくなったぞ。不思議だ」

ぺたぺたと自分の額を触り、花燐は笑っている。それを喜んでいいものか迷いながら、黎人は資料の上に手を組んだ。

「いいのか。空亡の娘であるという百鬼の角が消えてしまって」

「この見た目で散々な目に遭ってきたのだ。たまには普通の婦女子の気分を味わいたい。姫だなんだと恭しくされるのは、好きではないのだ」

「そうか。きみがいいなら、構わないが」

淡々と口にする目の前で、花燐は目を輝かせて馬車の窓から顔を出す。ここは日本の東部だ。妖怪の姿は目立つ。目立つだけならまだしも、敵意を向けられるのは良しとは思わない。

なによりも、彼女の身の安全と笑顔が最優先なのだ。道中、窓の外を覗くことも遠慮していたのだから。

「わくわくするの。これがきっと恋だな。わたしは今、温泉に恋しておる！」

「私にもわくわくしてほしいものだ」

「……わくわくはせんぞ。おまえと目が合うと、なにやらはらはらはするが」

「はらはらもきっと恋だな。きみの恋は暴風雨だと、この間そう言っていたのだから」

「忘れろ！　それはすぐに忘れろ！」

花燐が立ち上がり飛びかかってくる。怒れる猫を宥めるようにその髪を撫でていると、並走していた寧々の声が聞こえてきた。

「都築特佐、そろそろ到着します！」

すぐに花燐が窓から身を乗り出す。隙間から外に視線を向けると、山間の街道を抜けた先に、大きな日本家屋が見えた。

麻宮からの資料によると、地主である百瀬家が所有する屋敷らしい。旅館の部屋を取るよりも、一軒を丸々貸し切ったのだ。一般客の目を気にすることもなく過ごせるようにという配慮と、おそらく別の意図もあるだろう。

あの麻宮がなんの思惑もなく、ただ旅行に送り出したとは考えにくい。資料に目を通す限りでは、観光以外の情報はないが。

「……さて、なにが出てくるかな」

顎を撫でながら、黎人はひとり呟いた。

＊　＊　＊

花燐は上機嫌だった。

帝都の屋敷からやっと出られたし、人間の姿で自由に動けるらしい。誰の視線も気にすることなく、堂々と出歩けるのだから。これが嬉しくないはずがない。

到着早々にまずは温泉と思っていたが、逗留先である屋敷の所有者に挨拶に行かねばならないそうだ。それが礼儀なのだと寧々から聞いて、花燐は何度も頷いた。

「そういう諸々のしきたりを、これから覚えていかなければならんな」

あの武家屋敷とは勝手が違うのだ。外の世界に出たということは、周囲と足並みを揃えて生きていくということである。

休暇とはいえ、表向きは視察だ。黎人も草一郎も寧々も、軍の制服をしっかりと着ている。普通の着物を着ていた自分は場違いではないだろうか。

それでも黎人を先頭に、百瀬家本宅へ向かう。黎人の邸宅よりも立派な洋館で、大勢の使用人に出迎えられた。

「おお……お金持ちだ」

「帝都の特佐のお屋敷も大きいですが、そこが五つは入りそうな敷地ですね」

目を丸くしている隣で、小さく寧々が声をかけてきた。

「もしかして皆はわたしに、こういう屋敷に住むような身分として振る舞ってほしいのだろうか」

「そうですそうです。見掛けだけでもいいので、真似しましょう。なんといっても、伯爵夫人になるんですから」

「はくしゃくふじん！」

なにやら呪文のようである。口の中で何度も唱えながら、ただ黎人の後ろを歩いて行くと、大きな応接室に通された。待っていたのは、恰幅の良い壮年の男性で、いかにも高価そうなスーツを着込んでいる。

黎人の姿を見てどこか安堵の表情を浮かべ、彼はソファを促した。

「さ、どうぞおかけになって下さい。私は百瀬正一と申します。平たく言えば、この温泉街の大地主様ですな」

自分で言っておいて、大きな声で笑う。対して黎人は気にもせず、寸分の隙もない敬礼をしてみせた。

「陰陽軍二級特佐、都築黎人です。逗留先のご提供ありがとうございました。視察の拠点として活用させていただきます」

「そちらが話に聞く婚約者だね？　湯治も兼ねているとかで、ぜひゆっくりと過ごしてくれたまえ。なにか必要なものがあれば遠慮無くおっしゃっていただきたい。ところで都築特佐。きみはあの都築秋一殿のご子息と聞いている、本当かね？」

「はい。父は都築秋一です。それがなにか？」

淡々と告げる黎人に、正一はわずかに顔を曇らせる。

「少し相談に乗ってくれないだろうか。妖怪……に関わることかもしれなくてな」

「近隣には陰陽軍の北関東基地があります。私でなくてもよろしいのでは？」

「あそこはいかん。とても頼めないのだ。あの基地の連中は、ほとんどが一条派だからな」

「そうらしいですね」

鉄壁の無表情で言ったあと、ようやく黎人がソファに腰を下ろす。花燐も促されてその隣に座ったが、すぐに黎人の袖を引いた。

「一条派とはなんだ？　この間会った、御仁のことか？」

「一条派というのは一条元帥の支持者だ。元帥は『華族による日本政府の管理』と『悪事を働く妖怪の根絶』を提唱している。それを支持する軍人が、北関東基地には多い。中には過激思想に染まる者もいて、妖怪と見れば構わずに切り伏せるような連中もいるんだ」

「……そういうのは、よくない」

「そうだ。私もよくないと思う。何事にも動機や原因がある。行動を起こすのはそこを究明してからだ。目に入る妖怪をただ滅ぼすようなことは、無差別な通り魔となんら変わらない蛮行だ」

冷静に語る黎人の向かいでは、正一が派手に手を叩いて喜んでいた。

「さすが秋一殿のご子息！　やはり特佐は都築派なんですな」

「そういうことになりますね。父の思想を図らずも継いでおりますので、父が作った和平論者の派閥、『都築派』を名乗ることもあります。そうすると、百瀬様。決して切り伏せたくない妖怪でもいるのでしょうか？」

「実は……私の娘が、どうやら妖怪に取り憑かれているようでな」

＊＊＊

正一のひとり娘は『詩織』という名らしい。聞けば、歳は花燐と同じだという。ぜひ会ってほしいと言われて、花燐たちは離れの洋館に案内された。

正一は一際大きな部屋の前に立つと、ドアを数回ノックした。中から返事があり、ドアを開けたのは二十代半ばほどの女性だった。

「これは女中の千代です。娘の世話を任せておりましてな……千代、詩織の様子はどうだ？」

「旦那様……それが、どうしてもお腹が空いたと申されまして。本日五度目の食事の支度を厨房に伝えて参りました」

「そうか……」

正一は顔を曇らせると、こちらを振り返る。

「……どうぞこちらに。娘を紹介します」

一体なにが出てくるのだろうかと、花燐はおそるおそると部屋の中を覗き込んだ。

しかし部屋の真ん中には、洋風の豪華な長椅子に腰を掛け、本を読んでいる少女の姿しかない。思わずきょろきょろと見回すが、他に妖怪らしき影はなかった。

するとこちらに気付いた詩織が顔を上げる。そしてふわりと、花のように微笑んだのだ。

「まあ、お父様。お客様ですか？　ようこそ、当家へ。なにもありませんが、どうぞごゆるりとお過ごしください」

言って本を置いて立ち上がると、その場で深々と頭を下げる。

どこが妖怪なのだろうか。艶のある黒髪を結い、きらきら光る石の簪を挿している。着ている着物も上等で、見事な刺繍が刺してあった。どこからどう見ても、人間である。拍子抜けして花燐は手を伸ばそうとした。無数に積まれた本がある。仲良くなれそうな気がしたのだ。

だが不意に、黎人が腕を伸ばしてこちらの体を引き寄せた。刹那、伸ばした花燐の指先が、ばちりと大きな音を立てて弾かれる。

「な……！」

瞬時に手を引くと、指には痛みと痺れが残った。よく見ると、肌が切れてじわりと血が滲んでいたのだ。

「どういうことだ？　いや、見たことがあるぞ。これは——」

「結界だな。きみの武家屋敷に張られていたのと、似たものだ。こちらの方が、より凶悪だが」

控えていた寧々が慌てて駆け寄り、患部を診てくれる。呆然と立ち尽くす花燐のそばで、正一の顔は青くなり、同時に渋く歪んでいた。

「どうか、それ以上は近づかないでくれ。この部屋には強力な結界が張ってある。妖怪も人間も決して通れないほどの結界だ。ここを通れるのは体に印を刻んだ者だけでな。うちでは、そこの千代だけなんだ」

「印？」

黎人が問い返すと、正一に目配せされた女中が袖を捲った。右手の手首に不思議な文様の刺青がある。黎人が低く唸った。

「陰陽道の印に似ているが……結界への通行手形のようなものか」

「ここを通れるのは、基本的に『物』だけでな。食事、本、服に装飾品。詩織に必要だと思ったものを私が選別し、この女中に運ばせている」

「なるほど……一見するだけでは、異常はなさそうに見えます。あくまで見た限りですが。この結界の向こう側に妖気があるのかもしれませんが、ここからではなにも調べることができません」

事務的な物言いの黎人に、正一は深く頷いた。

「異変は……間もなくわかるだろう」

静かに囁いたあと、正一はにこやかに部屋の中に向き直る。

「詩織、なにか欲しいものがあるかな？　おまえにはもっと良い暮らしが似合うのだ。そうだ、以前に注文した銀の簪がよかったね。またその職人に頼もうじゃないか。純金の簪はどうかな？　それに合わせて着物も仕立てよう。友禅はどうだい？　有名な手描き職人の一番高いのを買おうじゃないか。おまえのためならいくらでも使うぞ。それとも西洋から茶器を取り寄せようかな。おまえは紅茶が好きだから、良い茶葉も一緒に――」

「そのような高価な品々、わたくしにはすでに十二分に与えていただいております。それよりもお父様。わたくし……とてもお腹が減っているの。早くなにか食べものを持ってきてもらえるかしら」

「ああ……ああ、もちろんだとも。すぐに用意させよう。千代、料理長を急かしてもらえるか」

「承知いたしました」

ばたばたと女中が走って行く。やがて何人もの使用人が運んできたのは、和洋折衷の豪華なご馳走だった。軽く見積もっても、五人前はある。

ここで宴会でも始まるのかと思っていると、女中の千代が汗を流して全ての料理を部屋の中へと運び込む。

すると、湯気と匂い立つ料理を目の前にして、詩織の様子が徐々におかしくなった。

口元が大きく裂け、大きな牙(きば)が覗く。目がぎょろりと丸く開き、らんらんと金色に輝いた。白い手には太い血管が浮き出て、途端に爪が鋭く伸びる。

ややして詩織はその手で料理を鷲掴みにすると、獣のように口に放り込んだ。

「はっはっはー！　今日の馳走もうまいなこりゃ！　おい、そこの親父。もっともっと寄越せ！　こんなもんじゃ足りねぇんだよ！　酒を持ってこい！　俺を存分にもてなせ！」

詩織の口から出たのは、およそ彼女とは思えない男の声だった。これが取り憑いている妖怪なのだろう。花燐が唖然と立ち尽くすそばでは、正一があくせくと使用人に指示を出す。料理と酒を追加だと言う。

愕然として花燐は詩織の顔を見据えた。

「おい。おまえが誰だかわからんが、酒はいかんぞ。その娘はまだ十六だろう」

「おん？　なんだこのお嬢ちゃんは。この娘の客か？　よしよし。一緒に飲もうじゃないか。ひとりで飲む酒より、誰かと飲む方がうまいんだ。知らんだろ？」

「酒のうまさはわたしにはわからんが、早くその体から立ち去れ」

「無理言うな。仮にこの体から出たとしても、そこの結界の外には出られんのよ。わかるだろ？　その厄介な結界がよ」

　せせら笑ってから、詩織に憑いた妖怪はばくばくと口の中に料理を放り込む。あっという間に食い尽くしていく様子を見ていると、隣の黎人がふむと唸った。

「獣憑きですね。それもおそらく、犬神ではないかと」

「獣憑き？　犬神とは？」

　正一が青い顔で問い返すも、盛大に笑ったのは詩織の顔をした妖怪だった。

「ご名答。犬神の天醐様とは俺のことよ！」

　言いながら魚の骨もばりばりと噛み砕き、あっという間に飲み込んでしまう。それでも足りないとばかりに、器や箸まで口の中へ放り込んでいく。

「ああ、こら！　悪食にも程があるぞ。なんとかならんか、黎人」

　止めようにも部屋には入れない。それは正一も同じらしく、ただ結界の外で右往左往とするしかない。その様子に、黎人は厳しく目を細めた。

「犬神というのは、そもそも呪詛のひとつです。飢えた犬を通りに埋め、首を切り落とす。胴から離れた首でさえも獲物に食らい付き、それを焼いて祀る。過去に何度も禁止されている蠱術ですよ。やがて呪詛が妖怪になり、人に憑き、呪いを成就させるとか」

「呪い!?」

「とはいえ、転じて氏神になる場合もあります。犬神の望むままにもてなせば、その家に富をもたらします。この様子を見る限り、百瀬家はその恩恵を受けているのではないですか？」

淡々と尋ねると、正一はぐっと言葉に詰まった。

「……確かに、異変が起こったのは半年ほど前のことだ。なにがきっかけだか、私には皆目見当もつかないのだが……ある日突然、詩織の様子が一変した。食べものを前にするとこのとおりだ。望むままに食事を与えていたのだが、確かにその頃から異常に運が味方する。商売敵は倒れ、市場は独占状態。源泉も次々に湧き、この街が一層盛り上がった。大地主である私は、左団扇（ひだりうちわ）が止まらないのだ。いや本当に、気味が悪い程にな」

「でしたら妖怪とはいえ、この犬神が氏神として祀られている状態なのでしょう」

「……娘の体から犬神とやらを追い出したら、どうなる？」

「犬神の恩恵は消えるかと。それにもてなす贄（ぜい）が尽きれば、その家は没落するとも言われています」

「没落……」

呆然と呟いて、正一は黙ってしまった。それを見て、花憐はぐっと唇を嚙みしめる。この父親は今、天秤に掛けているのだ。娘の自由と、自分の富を。

他人事（ひとごと）ではないのだ。かつて花憐も、自由を奪われ閉じ込められていたのだから。しかし口を開こうとした瞬間、それを黎人が手で制した。むっとして見上げるが、黎人は正一を見据えて口を開く。

「そもそも、この結界は誰が？」

「知り合いの陰陽師に相談したのだ。どうやら妖怪が憑いていると教えてくれてな……悪さをしないように閉じ込めておかねばならんと。妖怪を滅すれば、詩織の命もないかもしれんと言われれば、私にはどうすることもできず」

「なるほど」

「無論、詩織をずっと閉じ込めておくのは忍びない。かといって、迂闊に陰陽軍に相談すれば、妖怪は残らず滅せよと言うだろう。だから私は、間違いなく都築派である黎人殿に頼るしかなかったのだ。だから……どうか頼む。なんとかならないだろうか」

深々と頭を下げられ、黎人はしばらく目を伏せた。

「わかりました。この件、ひとまず私が預かりましょう。周囲であれこれと動くことになりますが、どうぞご承知おきいただきたい」

そう言われ、正一は更に深く頭を下げる。その様子を、天翩と名乗った犬神は尊大な笑みを消し、寂しそうに眺めた。

＊　＊　＊

「なーにが『なんとかならないだろうか』だ！」

百瀬家から提供された邸宅に戻るや否や、花燐は爆発した。地団駄を踏み、怒髪天を衝く様子を「さもありなん」と眺めながら、黎人は応接間に置かれた革張りのソファにゆったりと座る。

「きみの言いたいことはわかる。百瀬氏の『なんとかしてくれ』は、これまでの恩恵を享受したままで娘を自由にし、かつ犬神を追い出してくれという、実に都合の良い願いなのだから」

「あれも欲しいこれも欲しい、しかし損なことはいらんと言う。物事はそんなに甘くはないぞ。わたしでさえもわかると言うのに！」

「世知辛い世に生きる人間にとって、実にまっとうな心情だとは思うが……さて、どうしたものかな」

「ふむ」と唸って足を組む。しかし目の前の低いテーブルに、花燐は音を立てて両手を叩き付けた。

「どうするもこうするもない。あの詩織という娘を解放するべきだ。商売は二の次にして、まずは結界を解くのが先決だ」

「氏神の恩恵を失うということは、これまでの暮らしを捨てるのと同義だ。一度でも裕福な暮らしを知ってしまうと、そこから劣る生活には耐えられないかもしれない。その絶望は計り知れないな」

感情のない口調で告げると、盆に茶器を載せた寧々が「ひっ」と呻いた。

「まさか……一家心中なんてことに⁉」

「心中⁉　そ、そ、それはいかん！」

「極論だが、そういう可能性も視野に入れなければいけない。それに、百瀬家はこの辺りの地主で有力者だ。つまり、この周辺地域の莫大な雇用を生んでいる。仕事があるから働くことができ、給金を得られる。そうやって細々と暮らしている民も多い。百瀬氏が財を失うということは、同時に民の生活を奪う。それをやむなしと切り捨てることは、難しいな」

「むう……」

渋い顔をして花燐は黙ってしまう。

彼女の言わんとしていることも理解できる。詩織はいわば、かつての自分なのだ。他人の都合で閉じ込められ、自由を封じられる。必要なものが与えられるとしても、誰かに自分の生死を握られているのだ。それがどんなに苦しいか、彼女は嫌と言うほど知っている。

すると茶杯を配っていた草一郎は、ぱっと顔を上げる。

「共存できれば一番いいですよね。あの天醐という犬神を説得してみたらどうでしょう？百瀬家に尽くしてもらいつつ、おいしいご馳走も食べつつ、誰も襲わないようにおとなしくしてもらうんです」

「おまえが犬神の立場なら、それを良しとするか？」

ちらりと紫の目を向けると、草一郎は「うーん」と首を傾げた。

「……住むところと食べるところは安泰ですよね。あーでも……自由には動けないか。自由になれば食事なんて好きなものを選べるし……要は利用して搾取され続けるわけですから……やっぱり嫌ですね」

　自分から出た言葉に、草一郎は暗い顔でがっくりと俯いた。

「どちらかの利益は、どちらかの損失だ。うまいこと両方を汲み取れればいいが、互いの希望が十割通るのは厳しいだろう。その塩梅を計ろうにも、とにかく今は情報が少なすぎる。そうだな……とりあえずいろいろと聞いて回ってみようか」

　淹れた茶に手を付ける間もなく、黎人は立ち上がる。その様子を見て、寧々と草一郎が慌てて声を上げた。

「もうちょっとゆっくりしてはいかがです⁉　やっと一息ついたばかりですよ⁉」

「そうですよ。そもそも今回は休暇です。仕事をするなって麻宮特尉に釘を刺されていますし！」

「視察も兼ねているのだから、私が出歩いても問題はあるまい。もし麻宮がうるさく言うようであれば、こう言っておけ。温泉街をあちこち出歩くのは、あくまで私の趣味であると。個人の道楽に口を出すなど無粋極まりない。着替えが乏しいから軍服で出掛けるが、これも私の趣味だ」

「無理があります！」

「麻宮特尉にぶっ飛ばされます！」

　恐怖が滲んだ顔で喚かれるが、じっとしているなど性に合わないのだ。すると、花燐がしみじみとこちらを見やる。

「黎人は動いていないと死んでしまうんだな。なにやらそういう生きものがいたぞ。そう、確か秋刀魚（さんま）だ」

「そうだ、私は秋刀魚なんだ。……もっと他の生きものがよかったが……とりあえず秋刀魚は行ってくる。きみたちは待っていろ」

「そういう訳にはいきません！　特佐をおひとりで行動させたと知れれば、そのままの意味で僕の首が飛びます！」

　ぎゃーと叫んで、草一郎は急いで身支度を整えている。寧々もうろたえて、立ったり座ったりしていたが、そこに言葉を投げかけた。

「赤羽は花燐を頼む。おそらく花燐も秋刀魚だからな。危険なことをしないように見ていてくれ」

「わ、わかりました。ですが特佐、なにを調べるのですか？」

「そもそも誰があの犬神を持ち込んだのか、という話だ。外部からの妖怪の侵入などは、北関東基地も目を光らせているはずだ。見逃したのか、相手が上手（うわて）だったのか。そう思わせたい第三者がいるのか、暗躍している者がいるのか。そこをはっきりさせたい」

「どちらへ？」

「北関東基地だ」

＊　＊　＊

同じ陰陽軍とはいえ、帝都から離れるほど勝手が違うものだ。関東圏内でもそれは然り で、件の基地は受けていた報告とずいぶんと違っていた。

『陰陽軍北関東基地』の看板を掲げていた門扉には、生気のない兵士が立っていた。身分を告げるとずいぶんと怪しんでいたが、黎人は自分を証明する手段をいくつも持っていた。その最たる軍隊手帳を見せると、門衛は顔色を変えて基地内部と連絡を取る。

やがて通されたのは、おそらく基地内で一番豪華な応接室だった。責任者を呼んでいるので待っていてほしいと告げられ、部屋に放置される。ひとまずソファに腰を落ち着けたところで、背後で控える草一郎が頭を抱えていた。

「ああ、大事に。どんどん大事になっていく……減給じゃ済まないかもしれない……！

左遷？　もしや戦地へ左遷!?」

「麻宮の言ったことなど気にするな。アレはおそらく、これを見越している」

「え!?　そうなんですか!?」

「いきなり休暇を取らされるなど不自然だ。特に麻宮は用意周到だからな。その時の気分で行動を起こすことなどない。だとすれば意図がある。公言したくない意図がな」

「確かに、特尉は策を練りまくって万全を期す種類の人ですけど……」

「私になにかをさせたいんだ。この基地を訪ねた私に、なにかを見せたいんだろうな」

さて、それがなにかまでは現時点では不明だ。いや、門衛の様子で予想は立てた。しかしまだ仮定の段階である。草一郎に説明するにはピースが足りない。

やや...して部屋の外から数人の足音が聞こえ、声を掛けて中に入ってくる。素早く襟章を確認した。この中で一番階級の高い男に目を向けると黎人は立ち上がり、毅然と敬礼をする。同時に、頭に叩き込んである膨大な量の情報を検索した。北関東基地の責任者、その名前は確か——。

「南雲司令ですね？　二級特佐の都築黎人です。伺いたいことがいくつかあります。突然の訪問をご容赦ください」

南雲と呼ばれた軍人は面食らったのか、しばらく押し黙ったあと、思い出したように敬礼を返した。歳は四十代半ば頃だろうか。なにやら疲労の色が濃い。目の下は落ちくぼみ、顔色も悪く見えた。

息子のような年齢の上官に慇懃にされたのが予想外だと、その表情は言っている。

「一級特尉の南雲英雄です。特佐のお噂はかねがね……」

そう返すのがやっとのようだった。作法どおりに椅子を勧められ、腰を下ろす。階級で言えば麻宮の下になる南雲は、濁った目をぎょろぎょろとさせてこちらを見る。不信の目だ。

「それで……ご高名な都築特佐がこんな辺鄙な基地にいらっしゃるなど、なんの報告も受けておりませんが？」

「失礼を承知で単刀直入に伺います。百瀬氏のご令嬢に憑いている妖怪について、どこまでご存知ですか？」

「……さて、なんのことでございましょう」

「あいにく私は休暇中の身なので、これは決して公務ではありません。一般人としてあくまで好奇心でお尋ねしますが、詩織嬢について知っている情報があれば提供していただきたい」

背後で草一郎がまた頭を抱えている気配がする。これ見よがしに身分を掲げて入っておいて、なにを言うのかと言いたいのだろう。それを無視して、黎人はぬけぬけと言い放つ。

「これは命令ではなく、個人的なお願いです。この基地に所属する大半の軍人は、一条元帥の思想を支持していることは承知しております。都築派の代表たる私の意見など聞きたくないことも存じています。南雲司令もそのおひとりです。かつて父と対立したこともあるとか。しかしこの基地を預かる軍人として、脆弱な一般人を助けてはいただけないでしょうか。小さな温泉街で起きた些細な困り事です。公にする気はありません」

ソファにどっかりと腰を据え、足の上に手を組んで表情も変えずに告げる。

南雲はやはり不可解な顔をした。しばし黙ってこちらの表情を読もうとしたが、やがて諦めたように苦笑する。

「都築特佐は型破りで有名な方でいらっしゃる。その噂を痛感しましたよ。いやいや……よもや華族様が直々にやってきたのかと、こちらは戦々恐々でしたが……一般市民が困っているとあらば、応じるのが公僕の務めですな。無下にするとなると、それはそれで問題ですから」

「華族というのは軍上層部のことですね。上からの命令がお嫌であると？」

「好きや嫌いで仕事をするわけにはいきませんが、正直辟易しております」

そう言うと、南雲は眉間を指で揉んだ。

「仰るとおり、私も当初は元帥の思想にいたく共感しておりました。悪を成す妖怪を成敗してなんの問題があるのかと、疑いもしませんでした。しかしここを預かる任務を拝命してしばらく、さすがに疑問を持たざるを得ません。上からの命令があまりにも多すぎる」

「妖怪を討伐せよと、その指示の数が異常だと？」

「はい。ここ最近の数も異常ですが、内容に首を傾げることもしばしばです。極端な話、子供を食わせるために盗みを働いた母親を叩き切れと……そういう命令も多く。どんなに些細な悪事でも、恩情を掛けるべきであることも、ことごとく切り伏せよ。命令とあらば従うのが軍人ですが、気持ちの良いものではありませんよ」

「当然です」

きっぱりと言い切ると、南雲ははっとして視線を上げる。

「……この基地の人員はみな、心身共に疲労しております。まるで使い捨ての道具かなにかのような扱いです。とはいえ、任務は任務。命令があれば動きます」

「命令がなければ動きたくないと、そういうことですね」

返事を待たずに、黎人は腕を組んだ。

「令嬢の実態を把握していたとしても、上層部に知られなければ任務は発生しない。犬神がいても手を出したくないか……。これは百瀬家の存続に関わることです。ひいては、この基地の責任が問われます。この基地に所属する人員とその家族の生活がかかっています。責任者として迂闊には動けない」

「なるほど」と黎人は呟いた。そして向かいに座る南雲の顔を見据え、その後ろに控える軍人たちに目を移す。そこにあるのは、軍上層部に対する不信感だ。強権を振るって従わせることは可能だが、鬱憤は溜まる一方だろう。

それに過去の資料で読んだ。南雲はかつて、上層部に苦言を呈したことがあると。当然、問題有りと捉えられ軍法会議にかけられた。後に降格、そして左遷である。左遷先であるこの基地で、なんとか責任を果たしてきたのだ。人脈もあり、数多くの戦功を持つ南雲は責任感と正義感の強い人物である。ここにきて、対立する派閥の若造に引っかき回されたくないはずだ。だが麻宮の思惑もある。部屋を見回ししばらく考えて、黎人は小さく息を吐いた。

「これ以上の詮索は酷ですね。わかりました。お時間を取らせて申し訳ない。このまま休暇を楽しむことにします」

それだけ告げて立ち上がる。草一郎に視線を投げて部屋を立ち去ろうとするが、入り口近くの飾り棚の前で足を止めた。輝かしいはずの勲章が伏せてあるのだ。これは確か、一条派に貢献した軍人に授与されたメダルである。これが総意なのだと察して、棚のガラス戸を開けた。

「これは私が預かりましょう。お返しする頃には、錆びているかもしれませんが」

暗に含んで勲章を手に取り、懐に仕舞った。すると南雲は音を立てて立ち上がる。

「都築特佐……あなたはもしや」

「南雲司令、私は私の正義を成すつもりです。それほど遠くないうちに」

濁っていた南雲の目が、徐々に強い輝きを灯す。黎人の言外を嗅ぎ取り、彼はゆるゆるとソファにもう一度腰を落とす。そしてぼそりと低く呟いた。

「……これは独り言なのですが……百瀬家には出入りする古物商がおります。獣憑きの噂が流れ始める少し前、百瀬氏は古い鏡を買ったとか。百瀬家に張った結界も、その古物商の伝手でしてね。さて……休暇を楽しむ御仁はどちらに逗留されていらっしゃるのか。観光名所などを案内して差し上げなくては。秘湯の情報も一緒に」

黎人は小さく笑みを浮かべた。独り言に対して返事はしない。そのままドアを開けたとき、消え入りそうな声で南雲は続けた。

「私も久しく休暇を取っていませんな。この基地を数日留守にしても、問題はあるまい」

「……ぜひ、ご一緒したいものです」

それだけ零して、黎人はこの部屋を後にした。

北関東基地を後にしてすぐ、後ろをついて歩く草一郎が何度も首を傾げていた。

「どういうことですか？　どういう意味ですか？　いろいろとさっぱりわかりません」

「南雲司令と北関東基地から情報提供がある。いつでも動けるよう、おそらく独自に調査はしていたんだろう。それをとりまとめて持ってきてくれるそうだ。南雲司令も同行してくれるかもしれない。この辺りは庭みたいなものだろうから、動きやすくなる。だがあくまで私事だ。軍の任務ではないから、大事にはならない。おまえの左遷も減給もない。安心しろ」

「はあ……。さっきの会話がそうなるんですか？　僕にはよくわからなかったです」

「今はまだ、わからなくていいさ」

低く呟いて、黎人は馬車に乗り込んだ。

＊＊＊

花燐は焦っていた。

黎人が出掛けている間に、彼の荷物を運んでおこうと思ったのだ。大きな革の鞄を両手で持ち上げ、寝室と思しき部屋に運び込もうとした。そして襖(ふすま)を開いて目に入ったのは、並べて敷かれてある二組の布団である。

「！！！」

思わず鞄を持つ手を放し、啞然と立ち尽くす。すぐにあとからやってきた寧々が気付いたが、部屋の中と花燐を交互に眺めて、口元に手を当てた。

「あらまあ……一緒に……寝るんですね！」

「ね、ね、寝ないぞ！『男女七歳にして席を同じゅうせず』と言ってだな！」

「でも婚約者ですから、別におかしくはないですよ」

「おかしいとかおかしくないではなくて……その……近くで寝たら……暑いだろ？」

「もう冬も目前というこの時季に？」

寧々はくすくすと笑いながら、花燐が取り落とした鞄を持ち上げて布団の横に置いた。更には花燐の荷物まで、その隣に遠慮なく置く。

「待て待て待て！　わたしは別の部屋で寝る！」

「えー……そうですか？」

なぜか残念そうに声を上げるので、花燐は慌てて自分の荷物を持ち上げた。

「考えてみろ。あの男は無感情に見えて、なかなかどうして嗜虐的なやつだ。わたしをからかって遊ぶに決まっている！」

「あ、わかります。好きな子をいじめて喜ぶタイプですものね、特佐は」

「わたしはやすやすと標的になりたくないぞ。だからわたしは、別の部屋で――」

「ただいま戻りましたー！」

玄関の方角から、元気な草一郎の声が聞こえてくる。花燐は焦った。

「いかん！　草一郎と黎人が帰ってきたぞ！　あの男がこの部屋を見たら……」

想像するが、翻弄されて遊ばれる自分の姿しか見えない。頭を振ってその絵を追い出し、慌てて黎人の姿を探す。玄関で靴を脱いでいる様子を見つけて、急いで駆け寄った。

「は、早かったな！　基地の様子はどうだった？　そうだ！　茶でも淹れよう。茶菓子もあるぞ！　饅頭(まんじゅう)だ。食べたいだろう？」

「こちらが得た情報は後ほど共有しよう。それより私の荷物はどこかな。麻宮から渡された資料を、もう一度確認しておきたいのだが」

「荷物！」

思わず大声を出す花燐に、黎人は不思議そうに片眉を上げた。

「どうした？」

「荷物は……わたしが持っていくから！　とりあえず、おまえは今すぐ茶を飲むんだ！　ほら、応接室に行くぞ！」

「…………」

相変わらず表情のないまま、じっとこちらを見つめてくる。

「なにか私に見せたくないものがあるのかな。非常に気になる」

「ない！　そんなものはないぞ！」

「その奥か。察するに寝室だな」

「そうかもしれんし、違うかもしれんぞ！」

「わかった」

思っていたより素直に、黎人は頷く。

「わかってくれたか？」

「押し入ろう」

言うなり花燐の体を軽々と抱え上げて、ずんずんと歩を進める。背後で寧々が「きゃー」と楽しそうな悲鳴を上げているが、それどころではなかった。

「離せ！　下ろせ！　そこに入るな！　あ！　足で襖を開けるな！　行儀が悪いぞ！」

「ほう……」

二組の布団を見るなり、黎人は低く唸った。すかさず花燐が口を挟む。

「わたしは別の部屋で寝るからな！」

「いいじゃないか。一緒に寝よう」

「おまえは！　わたしで！　遊ぶだろう！」

「わかった」

「わかってくれたか？」

「布団は一組にして、枕をふたつだ」

「なにもわかってないではないか！　『男女七歳にして席を同じゅうせず』と言ってだな！」

「儒教の『礼記』か？　でもな花燐……」

急に声色を低くして、わざと艶のある言い方をする。耳元で囁かれて、花燐は悲鳴を上げた。

「……そんな声で叫ばれると、なにかこう……虐めたくなるな」

「……！」

すでに花燐の許容量ははち切れていた。顔を真っ赤にして、べちんと黎人の頬を押しやる。そうしてようやく、渋々とこちらの体を床に下ろす。

「そこまで嫌がられるとは、至極残念だ。仕方ない、私も慎もう。婚前のきみに手を出すなど、紳士のやることではない」

「ようやくわかったか!?」

「私が紳士かどうかはさておいてだ。だが独り寝は寂しいな。北条、一緒に寝よう」

「嫌です！　本気か冗談かわからない言い方は止めてください！」

こちらの様子を窺っていた草一郎は、反射的に大声で拒否をする。それを無表情で眺めてから、ちらりと視線を寧々に移した。

「駄目です！　からかおうとしても、駄目ですよ！」

「私の信用ががた落ちじゃないか。実に心外だよ」

特になんの感慨もなさそうな顔で言い放ってから、自分の荷物をごそごそと漁る。そして麻宮から渡された資料にざっと目を通して、なにやら荷物を抱えた。

「さて、せっかくなので私は温泉に行く。麻宮おすすめの源泉掛け流しの穴場だ。きみたちはどうする？　私は行くぞ。ひとりでもだ」

言うなり玄関へ向かうので、慌てて草一郎と寧々が飛び上がる。

「いけません！　おひとりでの行動はいけません！」

「我々もお供しますが、混浴に行こうなどと仰らないでくださいよ!?」

「なぜわかった？」

靴を履きながらしゃあしゃあと語るので、花燐は着替えと手ぬぐいを取り出しながら、黎人を半眼で眺めた。

「……黎人、もうちょっと部下を大事にした方がいいぞ」

「可愛がっているとも。私なりにな」

小さく笑い呟いて、ようやく黎人はこちらを見回す。上司の唐突な行動に振り回され、準備に走り回る部下を、どこか眩しそうに眺めるのだ。

「どうかきみたちは、そのままでいてくれ。私や麻宮や南雲司令のような苦労をせずにな」

＊＊＊

花燐はそこそこ上機嫌だった。

念願の温泉へ向かい、存分に堪能したのだ。その行き帰りに、他の温泉客とすれ違うこともあったが、誰も花燐に目を留めなかった。

詩織のいる洋館に向かう道すがら、花燐は改めて、宇津木から差し入れられた指輪を眺める。

人間からは醜悪で極悪とも呼ばれる妖怪である。しかし角さえ見えなくなってしまえば、剝き出しの敵意を向けられることはないのだ。

それが嬉しくもあり、なにやら釈然としない。人間のふりをして、ただ責任から逃げているのではないかと、自分に問い質したくなる。御者を買って出てくれた寧々に言うと、彼女は困ったように笑った。

「見てくれだけで判断している人は多いですよね。それが嫌で、人間に化けている妖怪は、実は多いかも知れません。我々が気付かないだけで、上手に潜んでいたりするんです」

「そうかもしれんな。争うのが嫌な妖怪もいよう。波風立たぬように、人間の中に潜んでいるのよな。そういう者たちが、隠れる必要のない世だといいのだが」

独り言のように呟いて、馬車の向かう先に目を向ける。

黎人は昨夜、北関東基地の話を聞かせてくれた。妖怪への対処を、嫌々行っていること。それに不満を抱えていること。犬神についての情報提供をしてくれること。

なにをどうやってうまく丸め込んだのか知らないが、黎人は淡々と報告してくれた。それに基づき、花燐もできることをしたかった。そう言うと黎人は、詩織から——ひいては天醐から話を聞いてくれないかと言った。自分が行くと圧が強い、同じ女性同士の方が信用を得られるのではないかと。黎人が放つ無言の圧力を自覚しているのかと少し驚いたが、任されたことが嬉しかった。胸を叩いて、二つ返事で了承したのだ。

そうして今、百瀬家の邸宅へ向かっている。事前に正一の許可は得ているので、離れの洋館に馬車を停める。声を掛けて玄関を開けてもらうと、なにやら使用人たちが忙しく動き回っている。

詩織の部屋へ向かうと、やはり汗を流して料理を運び込む千代を見つけて、合点がいった。一日に何度もある、食事の時間なのだ。

肉も米も鷲掴みで口に運ぶのは、詩織ではなく天翩だろう。結界を挟み向かい合って、花燐はちょこんとその場に座った。

「そう慌てずとも、料理は逃げたりせぬぞ」

声を掛けると、天翩はようやく手を止めてこちらを眺める。

「……昨日のお嬢ちゃんたちか。なんの用だ？　軍の関係者なら、俺を切り伏せに来たか？」

「そんなことはせん。第一、この結界の中には入れんのだ。おまえに指一本も触れられんぞ」

「結界なぁ」

憂鬱そうにぼやいて、天翩は視線を上に向ける。倣って見上げると、部屋の出入り口付近に札が貼ってあった。

「あれが結界の要か？　これを剥がせば、この結界は消えるのか？」

花燐が立ち上がって手を伸ばそうとしたが、天翩は慌てて声を上げる。

「やめろやめろ！　触るんじゃねえ！　ただの人間が迂闊に触ってみろ。手が吹っ飛ぶぞ！」

「手が……吹っ飛ぶ!?」

一際うろたえたのは寧々だった。急いで花燐の腕を摑むと、大袈裟なほどに距離を取る。

「触っちゃ駄目です！　駄目ですよ!?」

「吹っ飛ぶとまで言われると……困ってしまうの」

どうしたものかと眉間に皺を寄せると、どっかりとその場に座った天翽はいまいましげに舌打ちをした。

「俺だってな、そんな苛立たしい結界に阻まれて閉じ込められるなんて、癪だぜ。やらなきゃならんことは山積してるんだ。今すぐここから出て行きたい。出て行きたいのは山々だが、無理に押し出ようとすれば……この体は無事じゃ済まねえよ」

「詩織のことか？」

「おうよ。這々の体だった俺を受け入れてくれた人間だ。無下にはできねえ」

詩織の顔をした天翽は、卵焼きを摑むと口に放り込む。花燐は思わず、寧々と顔を見合わせた。

「おまえ……良い奴だな」

「良いとか悪いとか、人間の物差しで測るんじゃねえよ。仁義を通してるだけだ。恩には恩で返す。当然のことだろうが」

「その話、詳しく聞いてもよいか？　そもそもだ。おまえはどこから来たのだ？」

気味悪がることもなく、親身に耳を傾ける人間が珍しかったのかもしれない。天䶳は少し眉を上げると、盃を傾けた。

「話せることと話せんことがあるが……そうだな。俺はな、その昔はとある仕事をしていた。どうしても主人に伝えなきゃならんことがあったんだ。だが、それを邪魔したい奴がいてな。追われて襲われて捕まって、そんで封じられた。封じられている間のことはなんも知らん。封印が破れて出てこられたのが半年前だ。襲われたときの怪我がそのままだったからな。外に出てこられたものの、放っておきゃ死ぬ。それをこのお嬢ちゃんが体の中で匿ってくれたわけだ。もてなされていく間に怪我は治った。だが結界を張られちまった。この部屋より外に出られなくなった。仕方ないから、そのまま氏神として祀られてんだわ。この家が妙に栄えてるんなら、それは俺の恩返しだ。ざっくりだが、こんな顚末だわな」

「おまえ……良い奴だな」

　再度呟くと、天䶳はは んと鼻で笑った。

「詩織を閉じ込めて成り立つ恩返しなんて、嬉しかねえな」

　すると寧々は、「うーん」と唸って指を自分のこめかみに当てた。

「詩織さんを気にするのなら、その体から出ればいいんじゃないですか？　怪我が治ったなら、もう体から離れても大丈夫なのでは？」

「その軍服は陰陽軍だろ？　犬神を見るのは初めてか？　犬神ってのは面倒な妖怪でな。誰かに取り憑いてないと、たいしたことはできんのよ。元々は犬っころが化けてできた妖怪だ。誰にも憑かない犬神は、ほとんど犬と同然の力しかねえんだわ。犬一匹がこの体から出ても、その結界は越えられない。さっきも言ったが、吹っ飛ぶだけだな。俺だって無駄死にはしたくねえ」

「結界さえなければ出て行けるのに……ということですね。誰ですか、こんな結界を張ったのは⁉」

「富が欲しいあの父親じゃないか？」

　顔を顰めて花燐は呟く。

「詩織はな……俺さえ良ければこのままでいい、って言うんだよ。別に閉じ込められても自由がなくても、家と街が栄えて皆が幸せならいいってな。泣かせてくれるぜ！　そんなこと言われちまったら、俺も無理にどうこうできないってもんだ。本当にしおらしくてな。あの親父が高い簪も着物も食いものも、なんでも用意するって言うのに、控えめにひとつふたつを選んで他はいらんと言うんだ。全部もらっとけよ！　それくらいのことはしてるんだ。おまえらも説得してくれ。丸ごともらっとけってな！」

「おまえも詩織も……良い奴だな」

　なにやら泣きたくなってくる。自分を犠牲にしてまで、そんなに他人を思いやれる人間も妖怪も少ないだろう。

「そうだとも。簪も着物ももらっておけば――」

　言いかけて、ふと黎人の言っていたことを思い出す。そうだ。鏡がどうとか言っていなかったか。

「なあ、天醐。あの父親があれやこれやと持ってきただろう。その中に鏡はあったか？」

「おお、あったぜ。俺は鏡に封じられていたからな。犬神は鏡を住み処にするんだ。だから鏡には封じやすい。古物に紛れて詩織に買い与えたらしいぜ。その中に俺がいたってわけだ。詩織が言ってたな。鏡を割ってしまった、てな。そしたら俺が出てきたんだ。さぞや驚いただろうよ」

「その古物商、見たか？」

「おお、よくこの家に出入りしてたな。幸薄そうな姉ちゃんだったぜ」

　桃に齧り付きながら言って、天醐は目を細めた。

「先に言っとくがな、その古物商を怪しんでも、俺には返事のしようがねえぞ。もしかしたら作為的に俺を持ち込んだ可能性もあるかもしれねえと思ってるだろ？　でもな、俺はこの結界の外のことはなんもわからん。結界でなにもかもを遮断されちまってるんだ。部屋の外や中に妖怪がいようが、俺には感じ取れない。見たままのことしか、わからんよ」

「それほど厳しい結界か」

「役に立たなくてすまんな」

「いや。おまえも外に出たいだろうに……やることもあると言っていた。本懐を遂げられず、さぞやもどかしいだろうよ」

　あの寒村に閉じ込められていた頃を思い出すのだ。俯いて無念と呟くと、天醐はこちらをまじまじと見つめる。

「あんた……変な人間だな。俺みたいな妖怪に親身になるなんて。近しい人に妖怪でもいたか？」

言われて、花燐は自分の額をぺたぺたと触る。そうだ角は見えていないはずだ。天醐には一貫して人間に見えるはずである。それが少し珍しくもあり、同時に後ろめたくもあった。騙しているも同然だからだ。

花燐は曖昧に笑って、「そうだな」と返すことしかできなかった。

＊＊＊

「天醐様は悪い妖怪ではないように思います。ですから旦那様も、退治しようとは言われないのだと」

部屋を後にすると、一息ついていた千代に声を掛けた。薄化粧が汗でとれ、濃いそばかすが頬に浮いている。艶のない髪もいくらかほつれ、疲れた印象をより際立たせていた。日に何度もあれだけの料理を運ぶだけではなく、部屋の掃除や詩織の世話を一手に引き受けているのだ。疲労も溜まるだろう。

「天醐は食事の間だけ出てくるのか？　それ以外は詩織のままなのか？」

花燐が問うと、千代は頷いた。

「私がこのお屋敷に雇われたのが三ヶ月前なのですが、知る限りはそうです」

「前任者がいたのか？」

「はい。しかし……やはり妖怪が取り憑いたお嬢様のお世話は恐ろしくて、私が雇われてすぐに逃げるように辞めてしまいました。それにお給金に色が付くとはいえ、これをしなくてはいけないでしょう？　なかなか後任が決まらなかったみたいです」

　言って千代は手首を出す。通行手形代わりの小さな刺青だ。

「これを彫るのが条件か」

「元号が久佳に変わってから、政府は刺青の禁止令を出したんですよ。文明開化の一環だそうです。野蛮だからって」

　寧々に説明され、花燐は唸った。

「禁を破ってまで彫らねばならぬか。その上、妖怪の世話もとなると、やりたがる人はおらんだろうな」

　渋い顔をしていると、千代は小さく笑う。

「私はこんな小さな刺青くらい、なんてことないんです。百瀬家のお嬢様のお世話というお仕事、私には憧れでした」

「そうなのか？」

「だってここの旦那様は、詩織様にとにかく素敵な品を贈るので有名なんです。日本中から名のある逸品を取り寄せて。そういう品々を女中である私がお運びするのですが、なんとも素敵なものばかりで。見ているだけで幸せなんです」

「そうよな。もはや芸術品とも呼べる品々なのだろうな」

「でも詩織様は、たいていをお断りするんです。不相応だからって。もったいないなと、私は思ってしまいますけれどね。羨ましいお話ですよ」

　素朴な顔で微笑んで、千代はぱたぱたと着物の裾を払う。

「旦那様が心配されているのは、詩織様に婿養子を取りたいからです。今のままでは婿を取ることなどできないでしょう？　お部屋から自由に出入りもしてほしいですし、婿を取って結婚してほしいですし。そのためには、天鬸様には出て行ってほしいのでしょうけれど……いなくなってしまうと、お家が落ちぶれてしまうとか。そうなると私もここで働くこともできなくなって……困ってしまいますね」

「……そうよなあ」

　腕を組んで花燐は低く唸るしかない。あちらを立てれば、こちらが立たない。万事がうまく運ぶ方法などないのだろうか。とてもではないが、花燐ひとりの手には負えない。

帰って黎人に相談してみよう。それともうひとつ。

「なあ千代。天鬸が封印されていた鏡なんだが、どういうものだ？」

「鏡台の鏡……だったと聞いております。こればかりは詩織様がとても気に入られたご様子で。しかしお部屋に運び込んだときに、鏡面が落ちてしまったと。天鬸様が現れたのはそのときだと聞いております。鏡はふたつに割れてしまったのですが、古物商の方が修復してくれたとか。今でもお使いですよ」

「それを売った古物商について、なにか知っているか？」

「そうですね……。この近くに店を構えている様子はなくて、いつも日本中をあちこち歩き回っているそうです。掘り出しものを見つけてきては、綺麗に修繕してお持ちになりますよ。なんでも直してしまわれるので、古物商がいらっしゃる時は、街の人がいろんなものを持ち込みますね」

「どんな人物だ？」

「どんな、ですか？　普通の……ごく普通の若い女性の方でした。これといった特徴もなくて、普通の」

困ったように首を傾げるので、花燐は「わかった」と笑んで礼を言った。

＊＊＊

逗留先の邸宅へ帰って来ると、応接室に客が来ていた。軍服を着ているので軍人だろう。黎人の父親ほどの年齢に思えるが、いくらか老いて見えた。だが視線だけは鋭い。

戻ってきた花燐と寧々に気付くと彼はソファから立ち上がり、敬礼ではなく会釈をした。

「はじめまして、花燐様。お話は少し都築特佐に伺いました。北関東基地司令、南雲です」

少し驚いて、慌ててお辞儀をする。昨日の今日でもうやってきたのか。慣れない調子で形式どおりの挨拶などしていると、疲れた様子の草一郎が部屋に入ってくる。

淹れたばかりのお茶を用意したようだが、こちらを見て一抹の希望を見出したらしい。

「ああ……やっと帰ってきてくれたんですね。もう僕……今朝からずっと特佐の付き添いをしてたんですけど。もう本当に……この方はじっとしてくれなくて」

そして指で部屋にいる人数を数えて、「お茶が足りない」とがっくりとうなだれた。

「いいから、あんたは座ってなさい。お茶は私が淹れてくるから」

「寧々……助かる」

干からびた様子の草一郎はふらふらと歩いて、一応は黎人の護衛なのだと背後に控えて立つ。ややして寧々もやってきて、主要な人物は揃った。

花燐と寧々が詩織の洋館で見聞きしたことを話すと、ソファに座った黎人は紫の目を細めた。

「なるほど。鏡に封じられた天翩と、それを売った古物商か」

「それなんだが……千代に話を聞いたあと、もう一度天翩を訪ねたんだ。その時にはもう詩織に戻っていたんだが。古物商から買ったという鏡台を見せてもらった。鏡は修復されて綺麗なものだったが……なあ？」

こちらの言葉を受け取り、寧々は頷いた。

「鏡がとても外れやすくなっていたんです。わざとかなって思うくらい、少し細工もしてあって」

「故意かもしれない、と？」

「はい」

「故意であったとするならば、犬神を封じた鏡を売り、封印を解き、誰かに取り憑かせたかった……ということか」

　顎に手をやり、黎人は低く唸る。

「取り憑かせて……なにをしたいのだろうか。天醐は今のところ、百瀬家でもてなされて氏神として祀られている。特に悪い影響などないだろうに」

「それだがな……」

　言って黎人は、ちらりと視線を南雲に移す。彼は心得たとばかりに、中央のテーブルに厚い書類の束を置いた。

「私からご説明しましょう。北関東基地でも把握済みの情報なのですが……百瀬家に獣憑きの噂が出始めたのが半年前。この頃から百瀬氏の事業が大きく上向きます。商売の敵とも言える同業者が次々に病に倒れ、その穴を埋めるように百瀬氏が商機を得始めました。その数が増えつつも今から一ヶ月前、ついに死者が出始めます。同業者と百瀬家の使用人、取引先の呉服屋、下請けの職人。共通して、獣に食い殺されたような惨状でした。他の共通項は、彼らが死ぬと利を得るのは百瀬氏、というところでしょうか」

　人が死んでいるとなれば看過できない。さすがにしばらく押し黙ってから、黎人の顔を見やる。

「……天醐がやったというのか？　しかし天醐はあの部屋から出られないぞ」

「呪殺、という可能性もある。犬神はそもそも呪詛だ。過去に何度も禁止されていた呪法だが……私は昔、犬神と対峙したことがある。犬神に呪殺された被害者は、まるで獣に食い荒らされたように死ぬんだ。それはつまり、なにかしらの実態はあるのだと思っている。結界があっても、呪いのなにかが外へ出ている可能性があるんだ」

「天醐は良い奴なんだ。そんなことはしない」

「きみが肩を持ちたいのもわかるが、多数の被害者が出ている以上、我々としても見過ごせない。犬神の本性が善であっても、呪いは呪いだ。祀られた結果、その恩恵として誰かが死んでいる可能性もある」

「しかし……！」

必死に言い募るも、黎人の表情は動かない。

「呪いというのは少々面倒でな。科学的証拠も物的証拠もない。久佳の初め頃の刑法では、呪いも殺人の手段であると認められていた。しかしその数年後に刑法が改められて、他人を呪うのは公序良俗に反する迷惑な行為、と位置づけられたんだ。これも文明開化の一環だな。非科学的な根拠によって人が裁かれてはならないそうだ。しかし西洋と違って、日本には妖怪がいる。呪いを生み出す妖怪とどう対峙するかと言えば、現行犯しかない。今まさに、呪い殺されているところを押さえるしかないんだ」

「……そんなことができるのか？」

「できるかどうかではないな。やるんだ。妖怪か人間か、それとも呪いか。百瀬氏の周辺で起こる異変の原因がどこかにある。それを押さえる」

さすがに花燐は閉口した。なかなかに荒唐無稽である。呪いというのは目には見えない。幽霊を捕まえると、そう言っているも同然だ。

「北関東基地も手を出せずにいた案件だ。しかし協力を得た。私の独断で次の被害者の目星を付けて護衛する。護衛と言えば聞こえは良いが、要は監視だな。基地の人員を割いて行う。できればあと数日でけりを付けたい。私がここから去る前に、解決しておきたいんだ」

「なんと強欲な」

再度閉口する。なんとなく理解した。黎人は存外、気が短い。なにごとも早期に片を付けようとするのだ。しかし、である。

「……天醐ではない」

役に立たなくて済まないと、詫びていた。その天醐が人間を呪い殺すだろうか。ぐっと唇を噛んでいると、黎人は少しだけ目元を緩ませた。

「では、別の犬神かもしれない。それも含めての捜査だ」

「わたしは詩織と天醐のところへ行く。悪さをしないよう、見張っておくぞ」

「できれば悪さはしてほしいが……そうだな。花燐は寧々と共に、詩織嬢のそばに付いていてもらおう。犬神を刺激してくれ。誰かを恨んで呪い殺したくなるくらいに」

「そんなことはしたくないぞ」

嫌そうに顔を歪めるが、気にもせずに黎人は淡々と続ける。

「古物商は北関東基地も追っている。だが、どうにも尻尾が摑めないそうだ。尾行をしても、霧のように消えるらしい。その時点でただの商人ではない。怪しむには十分すぎる条件だ。犬神は故意に持ち込まれたと考えていいと思っている」

誰の返事も待たずに、黎人は立ち上がる。

「さて、行動開始だ。あまり悠長なことは言っていられない。次の被害者が今にも出るかもしれないからな」

出された茶を飲む間もなく、黎人は動こうとする。その背後で、草一郎が「またこれだ」とばかりに頭を抱えていた。

＊　＊　＊

「私のわがままに付き合わせて申し訳ない」

本当に詫びる気持ちがあるのか怪しいほどの無表情で黎人が告げると、横にいた南雲は小さく笑った。

「どうということはないですよ。私も今は休暇中です。各所へ監視に行かせた部下もです。

私事なのですから、上層部や他人からなにかを言われる筋合いはありません。私の趣味で、あなたに付き合っているのですから」

　腹を括ったのか開き直ったのか、どこか晴れ晴れとした顔で南雲は言った。

　各所への監視を開始してから二日、時刻は夜半前。黎人は草一郎と南雲、そして北関東基地の兵士数人と共に、いくつかの場所を巡回していた。

　あるときは簪職人、あるときは反物屋、あるときは温泉宿の支配人。そして今は、この街で唯一の画家である。

　前触れもなく訪ね、妖怪に襲われるかもしれないから監視させてくれと、単刀直入に申し入れた。黒い軍服姿の男たちが身分証を提示してやってきたのだ。画家は大層驚いて、一も二もなく頷いた。百瀬氏の周辺で起こる変死事件は知っていたらしい。決して家から出ないようにと言い含めて、周囲に張り込むことにする。

「特佐、伺ってもよろしいですか。監視対象の選別はどのような基準で？　簪職人も反物屋も、そしてここの画家もですが……亡き者にしたところで、百瀬氏の利になるとは思えません」

「そもそも今回の一連の被害者を並べて見たときに、決して百瀬氏の利にならないような人間が含まれています。同業者なら理解できますが使用人、呉服屋、職人も死んでいる。これが呪詛だとすれば、およそ関わりが深いのは詩織嬢なのではないかと推測しました」

「……詩織嬢の？」

「百瀬氏は高価な品を娘に贈り続けています。それは軟禁している娘への罪悪感からかもしれませんが、着物に簪、家具や絵画など。使用人は今彼女の世話をしている千代の前任者です。すでに辞めた使用人を呪い殺して、百瀬氏の利にはならないでしょう」

「それでは天翤は、詩織嬢に関わる人間を呪詛していると？」

問われた黎人は、壁に背を預けて腕を組んだ。

「先日、犬神と対峙したことがあると申し上げました。その時の経験なのですが、犬神は憑いた人間によって、呪詛になるか氏神になるかおおよそが決まります。詩織嬢に憑いている天翤は、花燐の言うとおりその性分は善に近いでしょう。恩恵を発揮しているのですから、ほぼ氏神と同然。それにあの結界の中にいるのですから、誰かを害することも難しいはずです。天翤本人が強く誰かを呪い殺したいと思った場合は、そうではない可能性もありますが……現状を見る限り、それもなさそうです」

「では……他の犬神がいると？」

「はい。被害者の死因をお聞きする限り、その可能性が最も高いと判断しました。詩織嬢の周囲に、誰かを呪いたい人間がいる。犬神が呪詛になるとき、それは初め、欲しがる気持ちだと言います」

「欲しがる気持ち、ですか」

問い返す南雲を、黎人は見やる。

「羨む気持ち、妬む気持ち、嫉妬する気持ち。自分が持っていないものを持っている、やがてそういう人間の全てを憎むのです。それが呪いとなる。なんとしても手に入れようとして、誰かを呪い殺すのです」

「では、詩織嬢が持つものを恨む誰かが……近くにいると？」

「おそらく」

あっさりと言い放つと、南雲はさっと顔色を変えた。

「なぜ、花燐様を行かせたのですか⁉　一番危険な場所にいるのですよ⁉」

「保険があるからです。それに、彼女を囮にしているつもりはありません。私は私の手で、この件を解決したい。それに花燐が昨夜言っていました。詩織嬢はここの画家の絵を大層気に入って、珍しく購入したいと希望したと。帝都で流行っている高名な画家ですよ。若い女性がこぞって求めています。作品は稀少で、手に入れるには運と金が必要だ。それを難なく手に入れるとなると、詩織嬢に対する妬みが募る。その絵をなんとか手に入れようと、画家を殺して奪うでしょう」

「だからここへ……」

「呪詛とはいえ、実体がないわけではないのです。食い殺すのですから、なんらかの形で犬神がここへやってきます。やってきたら憑いた人間と切り離せばいい。そうすれば犬神は無力も同然。心配は無用ですよ。誰にも怪我などさせません」

淡々と言うと、南雲が苦笑を浮かべた。

「逆ですよ、特佐。我らがあなたを守るのです。これから大局を摑む方なのですから」

「あまり買いかぶらないで下さい。その役は、あなたでも良いと思っています」

「こんな年寄りを担ぎ出しても役に立ちませんよ。私にできることは精々、かつての同僚や部下に、あなたの話をすることくらいだ」

「……お願いします」

含んだ調子で言って、視線で礼をする。

そのときだった。少し離れた場所で草一郎が大きな声を上げた。

「都築特佐！　あれを！」

刀の柄を握り、草一郎が指をさす方向を見る。月光を背に、大きな黒い塊が飛んできたのだ。その塊はやがて狼のような形をとり、家々の屋根からこちらを見下ろしてきた。

「うじゃうじゃとうっとうしいなあ。どきな、軍人ども。あいつの欲しいもんはここにあるんだろお？」

ひひひと汚く笑い、顎を開く。無数の牙が剝き出しになり、がちがちと打ち鳴らした。

黎人は音もなく刀を抜くと、紫の双眸で二丈（約六メートル）を超す漆黒の狼を睨み上げた。尾の先端が細く糸を引いているように、どこかへ続いている。その先は百瀬邸の方角だった。

「……あれを切り離すか」

ぼそりと呟いて、わざとらしく愛刀を構える。

「欲しがるだけでは手に入らんぞ」

かかってこいと刃先をちらちらと揺らす。草一郎が背後で「挑発しないでください！」と叫んでいるが、もとより他人に任せるのは嫌いである。

黒い犬神はちろりと舌を出して、この誘いに乗ってきた。うなり声を上げて飛びかかってきたのだ。犬神を大きく躱して、一閃。思っていたより犬神が素早く、身を翻した毛の先端を斬っただけだった。

間髪を容れずに、平突きを繰り出す。しかし犬神は、すんでのところで逃げた。

「おおっと危ねえ。怖えなあ！　速いなあ！」

笑いながら、犬神の視線が草一郎に向けられた。弱いと予測する人間から狙うつもりだろう。「ひい」と悲鳴を上げる草一郎に、犬神が即座に飛びかかる。陰陽軍に所属するとはいえ、実戦経験は少ない。防ごうとサーベルを構えるのが精一杯だった。

次の瞬間、がきんと硬いものがぶつかり合う音が響く。間に入った南雲が、犬神の牙を刀で弾いたところだった。

「これほど前線で戦うなど……ここへ左遷されてから初めてですよ」

苦い笑みを浮かべる老将に、黎人は珍しく笑みを浮かべた。

「鬼神の南雲と呼ばれたお力、見せていただきたい」

「ああそうか……それが狙いか」

納得した風に呟いて、南雲が声を上げる。

「総員、犬神を包囲せよ！　ここから決して逃がすな！」

北関東基地の兵士が、犬神の周囲を取り囲むように動く。おそらく南雲が言ったとおり、直接現場の指揮を執る姿を見るのは初めてなのだろう。いつもは覇気もなく、ただ上からの命令をそのまま指示するだけの無気力な上官。そういう目で見られていたはずだ。しかしここにきて、てきぱきと臨機応変に明敏な指示を下す。その姿に呼応するように、兵士は動いた。一体の実力よりも、数の力は勝る。ややして犬神を追い詰めたとき、黎人は焦る犬神を見逃さなかった。

犬神の注意が南雲に向いていると確信し、滑るように走った。そして犬神の尾を、静かに切り落としたのだ。

「ああああああ――――！　俺の尾が！」

血走った目でこちらを睨み付け、犬神が迫ってくる。その眉間に刀を一突き。柄の近くまで深々と刺したが、犬神の動きは止まらない。

黎人は刀から手を放すと、腰から銃を抜いた。こちらを喰い千切ろうとするその口の中に、腕ごと押し入れて引き金を引く。純銀製の炸裂徹甲弾である。一瞬の静寂の後、着弾した犬神の頭が内側から派手に弾け飛んだ。残った首から下の胴体は、音を立てて倒れ臥す。

途端に周囲からわっと歓声が上がる。草一郎は青い顔のままで、悲鳴を上げていた。

「恐ろしいことしないでください！　口の中に手を突っ込むなんて！　なにかあったらどうするんですか！」

「始末できればなんでもいいんだ」

刺さったままの刀を引き抜きつつ、黎人は鷹揚（おうよう）に返す。しかし視線は犬神から逸らさなかった。違和感があったのだ。これほど手応えのないものなのか。以前はもっと――そう思い返しているそばで、違和感の正体が判明する。

百瀬邸から伸びていた黒い糸のようなもの。切り離したと思っていたが、するすると戻っていくのだ。花燐のいる百瀬邸へ。

即座に草一郎を呼んで、繋いでいた馬の元へ向かう。すると南雲も察して駆け寄ってきた。

「これは分身ですか」

「おそらく。本体が百瀬邸にいるようです。馬をお借りします」

手早く言って騎乗し、手綱を取った。

「宿主の目星は付いているのですか？」

「……詩織嬢付きの女中が、手鏡の修復を街の家具店に依頼したそうです。手に負えないと断ったあと、例の古物商に持ち込んだとか」

「すぐに向かって下さい。部下を率いて後を追います」

返事をする間も惜しく、黎人は素早く馬の腹を蹴った。やはり誰かに任せるのは苦手なのだから。

＊＊＊

「ほおー。これはまた見事な石だの」

感嘆の吐息を漏らしながら、花燐は重厚な箱に収められた宝石を眺めた。小指の爪ほどの石がきらきらと輝き、触るのをためらうほどだった。

結界の向こう側では、詩織がふわりと微笑んだ。

「ダイヤモンドよ。お父様が宝石商に頼んで、持ってきてもらったのですって。気に入れば購入して耳飾りにしようと仰っていたけど……」

「好きではないか？」

「昔からいくつもいただいているのよ。これ以上増えても、もったいないわ。もっと似合ってふさわしい人にお迎えしてもらった方がいいのよ」

結界を挟んだ向かい側で、詩織はなんの躊躇もなく笑顔で言う。対して花燐は、むうと唇を尖らせた。

「天鬪が言っておったぞ。もらっておけ、とな。この小さな箱が部屋にあっても邪魔にはなるまい」

「うん……それでもね。千代、このダイヤモンドは返しておいてくれるかしら」

詩織の部屋の隅に控えていた女中に声を掛ける。いつもなら即座に返事があり、速やかに動くはずだ。しかし千代はその場に立ったまま、微動だにしない。

「……千代？」

怪訝に思って詩織が再度呼び掛けると、彼女とは思えないほど低い声で小さく呟く。

「ああ……分身が消された……」

「千代？」

眉を顰（ひそ）めた詩織に我に返ったのか、千代ははっとしてこちらを見やった。

「は、はい！　お返しするのですね？　承知しました。私が責任を持ってお返ししておきます」

そう言って千代はその場に屈むと、ダイヤモンドの入った箱を手に取った。その時、彼女の懐からするりとなにかが落ちたのだ。手のひらに収まるほどの、小さな手鏡。背面には華やかな薔薇が彫られていた。

千代の顔色がさっと変わる。それに気付かなかった詩織は「あら」と声を上げた。

「その手鏡……確か一ヶ月前くらいに、お父様が持ってきたものよね？　薔薇の飾りなんて珍しいから覚えているわ。確かこれはお返ししたはずよ。なぜ、あなたが持っているの？」

詩織の物言いは、決して咎める風ではなかった。しかし千代の顔色は青を通り越して、真っ白になっている。息も絶え絶えで、額に大粒の汗が滲んでいた。

「千代。あなたが買い取ったの？　素敵だものね」

「あ……これは……その、ですね。そうです、私が買い取って……」

「でもずいぶんと値が張ったわよね。あなたのお給金で足りたのかしら」

「……それは……その……」

千代の声は震え、どんどんか細くなっていく。だが不意にかっと目を見開いたかと思えば、詩織を力一杯突き飛ばしたのだ。

「詩織！」

花燐は思わず手を伸ばした。しかし目の前には結界だ。ばちんと弾かれて、爪が割れた。鈍い痛みに顔を顰めていると、結界の向こうでは千代が呆然と立ち尽くした。

そして異変が訪れる。千代の耳から黒くて細い糸のようなものが、蛇のように宙をくねった。それはやがて大きく太くなり、巨大は狼の形をとったのだ。

「ああ……この石もいいものだなあ。欲しいなあ、欲しいなあ。この女はそう思ってるぜ。この手鏡もいいものだなあ。でもおまえはいらんと言う。そうしてこの女はどうしたと思う？」

狼の口が大きく裂け、下卑(げひ)た笑みを刻んだ。倒れたままの詩織に向かって、さもおかしいとばかりに大きな声で笑った。

「盗んだのよ。返しておくと言って、そのまま自分の懐に入れたんだあ。この女は浮かれたぞ。浮かれて落として、割っちまったのさ。それを直そうと人に預けた。そうして割れた鏡と、俺の住んでいる鏡と交換したのよ」

「なんだと？」

「それにしても浅ましいねえ、卑しいねえ。いつもいつもそうだ。この女はなぁ……ずうっと思ってたんだよ。金持ちの家に生まれただけで、この娘はなんでも持っている。自分より美しい髪、美しい顔。恵まれた環境に、子思いの親。着物も食いものも……なんでも持ってる。羨ましいなあ、ずるいなあ、妬ましいなあ……欲しいな欲しいな、憎たらしいな、死ねばいいのに……ってな！」

黒い狼はけたたましい声で笑い出す。しかし花燐は動けなかった。全ては結界の向こうの出来事だ。詩織に駆け寄ることも、千代を抑えることもできない。

「くそ！　この結界さえなければ……！」

「花燐様、お願いですから堪えてください！　今信号弾を打ち上げます。それを見ればすぐに特佐が来てくれますからね。無理矢理結界に押し入ろうとはしないでくださいよ！」

寧々は早口で言うと、すぐさま廊下の窓を開け放つ。そうして腰に下げていた銃を抜き、弾を装填した。手慣れた様子で打ち上げた弾は、夜空に赤い光を灯す。

それを横目で見ながら、狼はひひひと笑うのだ。すると呆然と目を見開いたままの千代が、倒れている詩織を摑み上げ、その首に手をかけたのだ。ぞっとして花燐は声を荒らげる。

「詩織！　おい、千代！　しっかりしろ！　目を覚ませ！　自分がなにをしているのかわかっているのか！」

「わかってるよお。おい女中、殺しちまえ。ずっとそうしたかったんだもんな。その娘を殺せば、もう全てが手に入るぜえ。まったく……この女は俺にぴったりだぜ。誰かを妬む気持ちが強いほど、俺は強くなれるんだからな！」

「やめろ！」

するど詩織の目が唐突に見開き、あらん力で千代を蹴り飛ばした。見ると、詩織の爪が鋭く伸び、口には牙が覗く。目は金色にきらめき、荒い息を繰り返していた。

「天翩！」

「そいつは犬神だよ。俺が氏神なら、そいつは呪詛だ。ぶっ飛ばしたいのは山々だが、な……今の俺にはそんな力はねえ。この結界でなにもかも封じられてるからな。その呪詛が動けるのは、千代の刺青が効いてるからだ。ずるいもんだぜ」

詩織——天翩は乾いた笑いを浮かべて、ゆるゆると起き上がる千代を睨んでいた。唇を嚙みしめて、花燐は天翩に視線を送る。

「封印が解ければ……おまえはなんとかできるのか？」

「止めとけよ、お嬢ちゃん。言っただろ、ただの人間が触れば吹き飛んじまうってな」

「……ただの人間じゃなければどうだ？」

「なに？」

天翩は片眉を上げる。

「妖怪ならどうだ？」

「……妖怪による。だが――」

天醐の言葉を最後まで聞くことをしないで、花燐は封印の札に手を伸ばした。はっとして寧々が声を上げる。

「花燐様！」

「このまま詩織が殺されるのを黙って見てはおれん！」

制止の声を無視して、花燐は札を剝がした。結界に触れた以上の衝撃が、手に腕に、体に走る。突風が巻き起こり皮膚が裂ける。顔も指も、そして宇津木にもらった指輪さえも切り裂かれた。

瞬間、天醐がこちらを凝視した。やや して、自嘲気味に低く笑う。

「……そんなことがあるのかよ。あとでいくらでも頭を下げるから、勘弁しろよな」

詩織の体から白い影が抜け出た。それは一瞬だけ狼の形をしたが、結界があった場所を難なく通り抜け、すぐに花燐の元へ来る。そしてまとわりついたかと思うと、すっと消え失せた。

同時に花燐の内側から声が響く。呪詛の犬神を倒せ、と。

花燐の爪が伸び、牙が尖る。裂けた腕の傷も、少しずつだが治癒しているようだった。天醐が表に出てきたときの詩織のように、花燐の姿もわずかに変容する。そこに百鬼の角がきらりと輝く。

なにもかもが自由になり、理由もなく大丈夫だと確信があった。

花燐は跳躍した。こちらを凝視した呪詛の犬神は目を見開いたまま、動かなかった。いや、動く前に花燐の行動の方が早かったのだ。

自分の力が増したのか、憑いた天醐が操っているのか。掌打を当てて犬神の体勢を崩す。次いで全力で膝蹴りのあとに、爪を一閃。狙い澄ました一撃は、犬神の尾を切り裂いた。すると千代の体が崩れ落ちる。憑いた犬神を切り離したのだ。それを確認して、花燐は全力の殴打を見舞った。

誰にも取り憑いていない犬神に、たいした力はない。犬神の体は大きく吹き飛ばされ、窓ガラスを割って外へと落ちる。割れた窓から花燐も飛び出すと、犬神は怯えた目で呆然とこちらを見ていた。

「百鬼の……角……！　なんでここに……！」

「言え！　古物商はなにを企んでいる！」

「はは……知らねえよ。あいつは……天閃はここの女中に取り憑けと言ったんだ。それだけだよ！　なにが目的かは知らねえ！　ただ天醐が先にいたのは予想外だったが……とんだ間抜け面だったな！　俺のことなど気付きもしねえ！　天閃はおまえをわざと詩織に取り憑かせたんだ！　それも知らずに調子に乗ってもてなされて……大間抜けだぜ！」

「なんだと!?」

花燐の口から天醐の言葉が漏れ出る。

「女中の体は居心地好かったぜ！　おまえがあの娘を……百瀬の家を栄えさせるほど、俺は強くなっていた。家が富めば富むだけ、あの父親が娘を甘やかすんだからな。甘やかされる姿を見るたびに、この女中は欲しがるんだ！　そんなこともわからずに、おまえは間抜けだな！」

花燐の体が勝手に動く。犬神の頭を摑み上げ、そのまま持ち上げた。ぐっと力を込めて、犬神の頭を握りつぶそうとするのだ。

「犬神の面汚しが！　消えろ！」

「よせ天醐！」

花燐の口からふたり分の声が響く。天醐の力が一瞬だけ緩んだ刹那、最後の力で犬神は猛攻を仕掛けてきた。裂けるほど顎を開き、こちらの頭を喰い千切ろうとしてきた。

その牙が迫ったと同時に、向こうから高い破裂音が聞こえる。犬神の体が一度だけ震えて動かなくなった後、その体が四散した。今度こそ、糸の一本も残さずに、呪詛は霧散したのだ。

見ると騎乗したままで銃を構えている黎人がいる。

あとに残ったのは、粉々に砕け散った手鏡だけだった。

＊　＊　＊

そのあとのことは大騒ぎだった。

黎人を追って、草一郎と北関東基地の精鋭が続々とやってきた。破壊された部屋と倒れている詩織と千代。すぐに医者が呼ばれたが、遅れてやってきた正一は焦点の定まっていない虚ろな目で、その場に座り込んでいた。

「詩織が……我が家の栄華が……」

それだけを繰り返す姿を見て、花燐はなんの言葉も掛けられなかった。封印を解いたのは自分だし、部屋を壊したのも自分である。詩織を心配する気持ちは確かにあるのだろうが、運び込まれた詩織を見てなお、犬神の恩恵に与りたいと願うのか。それほどまで、富と名声が大事なのか。温泉には妖怪を入らせないと差別しておいて、自分の栄華を維持したいと言うのか。人間とは実に勝手である。

それに千代はどうなるのだろう。もうここで働くことはできないはずだ。盗みを働いた上、妖怪に取り憑かれた。こんな事情を抱えて、この地にはいられまい。ひっそりと姿を消すのか。自分がここに来たせいで。

「……わたしは良いことをしたのか、悪いことをしたのかわからんな」

大勢の人間が動き回り、事態を収拾している様子を眺めながらぼそりと呟く。

「きみが気にすることはない」

いつの間にか隣にやってきた黎人は、軍服を払ってようやく息をついた。馬を飛ばしてきたのだろう。乱れた髪がそのままだった。いつも隙のない男だ。らしくないと手を伸ばして、髪を撫で付けようと思った。

しかし手を上げた時、着物の袖から覗く腕を見て、黎人に不意に抱き締められた。

「な⁉」

「腕にこんなに傷を作って……すまない」

「こ、これはあれだ。札を剝がしたときにだな……」

「すまない。いざとなれば、きみは札を剝がすだろうと思った。きみならその衝撃に耐えられると思った。天翢がきみに憑けば、その身は安全だと高を括った。安易な考えだった。きみを守ると言っておきながら、このていたらくだ。私の見通しが甘かった。犬神が分裂するとは思わなかったし、画家を狙うのが本体で、それさえ倒せば問題ないと考えた。すまない……」

消え入りそうな声で「すまない」と繰り返す。いつもの不遜な態度はどこへやらだ。こんなに衆目がある中で、黎人はしがみつくように抱き締めてくる。

ぐいぐいと押し返しながら、慌てて花燐は言葉を紡ぐ。

「よい！　よいのだ！　ほら！　ここは有名な温泉があるからな！　傷もすぐに治るぞ！そもそも湯治をしに来たのだ。そうだろう？　当初の目的を果たしてなにが悪いのか」

「……すまない」

埒が明かない。どうしたものかと困っていると、花燐の体から白い煙のようなものが抜け出ていく。天翢だ。それは狼に似た大きな白い犬の姿になった。毛足が長くふわふわで、瞳はきらきらと金色に光る。尾がふたつに分かれていた。

天馘はこちらを見るなり、地面に頭を叩き付ける勢いでばっとその場に伏せたのだ。

「お嬢！」

「……お嬢？」

花燐と黎人が同時に問い返す。

「まさか親父様の娘さんが、人間に化けてるなんて思いもしなかった！　その百鬼の角は間違いなく親父様の血縁者。百鬼のお嬢に違いねえ！　無事でいらっしゃった！　よかった……よかったぜ……！　俺はずっと気がかりで……！」

そう言って、ぼろぼろと大粒の涙を流して泣くのである。さすがに黎人も花燐から手を放し、しばらくなにやら考え込んでいる様子だ。

「天馘はわたしの父を知っているのか？」

「知ってるなにも、親父様――空亡様は俺の主君も同然だ。ずっとお仕えしていた。俺はいわゆる、諜報をやっていたんだ。妖怪に憑き人間に憑き渡り歩き、表舞台に出ることはない。親父様は俺の腕を買ってくれていた。大きな仕事も任せてくれた。あの日まではな」

「父が死んだ日か？」

「いや、その少し前だ。返す返すも悔やまれる。俺が無事に情報を届けていれば……親父様が死ぬこともなかったのによ……」

「どういうことだ？」

　さすがに聞き捨てならない。しかし花燐が問い詰めるより先に、黎人が注意深く視線を配る。

「その話はあとで聞こう。こんなに雑多なところで大事な情報が漏れるのはまずい」

「ああ……そうだな。あんたはどうやら、こっち側の人間らしいや」

　それだけ呟くと、天翩はちょこんとその場に座る。

「お嬢、あんたが気に病むことはねえよ。詩織の父親のことだ。あいつは俺がいなくても、源泉を掘り当て商売を成功させ、町を発展させてきた。そもそも努力する資質と運を持っている。俺の恩恵なんて微々たるもんよ。俺がいなくても大丈夫だ」

「……そうか？」

　天翩に言われて、少しだけ胸のつかえが下りる。

「それに詩織が言ってたぜ。窓の格子のない空が見たいってな。広い空に燦々(さんさん)と輝く太陽が見たいって。あんたはそれを叶えたんだ。少なくとも詩織にとっては、よかったと思うぜ」

「私もそう思う。もとより、犬神の封印は解く気だった。一方的に恩恵を搾取するなど、不公平だ。趣味が良いとも思えない」

「……うん」

　口々に肯定されて、ようやく花燐の顔に笑みが浮かぶ。

＊　＊　＊

北関東への視察――そういう名目の旅路は無事に終了した。しかし邸宅に戻ってきた矢先、いつにも増してにこやかな笑みを浮かべた麻宮が訪ねてきた。

不穏な空気を感じて、寧々と草一郎は荷解きを口実に立ち去っていく。残された黎人は表情もなく麻宮に椅子を勧め、花燐は慌ててお茶の用意に走ろうとする。

「あ、おかまいなく。北関東の様子はどうでしたか？　ちゃんと休養しましたか？」

「毎日温泉三昧だ。それはそれは有意義な休暇だったな」

「この犬はなんですか？」

麻宮は花燐のそばにちょこんと座る、大きな白い犬を指さした。

「勝手についてきた」

「妖怪ですね。見た感じ……犬神ですか？」

「そうだな」

「…………」

麻宮はしばし黙って無表情の黎人を眺めたあと、懐から封筒を取り出す。

「百瀬詩織という方から感謝状が来ていますよ。感謝されるようなことをしたんですか？」

「私の趣味を披露しただけだ。余程喜んでいただけたようだな。私も満更でもないよ」

「御託はいいから、ちゃんと説明して下さい」

「ふむ、そうだな」

軽口にも飽きたとばかりに、黎人は淡々と語り出す。花燐はお茶を出す片手間に、ちらちらとふたりのやり取りを聞いていたが、麻宮は特に驚いた様子を見せなかった。抜かりない麻宮のことだ。どこまでかが想定の範囲内だったのだろう。化け物を見る目つきを向けていると、麻宮はひとつ唸って頷いている。

「獣憑きのこと、実は百瀬正一氏からのご指名だったんですよ。都築黎人にどうしても相談したいと。それにお応えした結果、犬神が解放されたとて恨まれる筋合いはこれっぽちもありません。先方にも最初にそう言ってあります。だから問題はありませんよ」

余りにも飄々と言い放つので、湯飲みを押し薦めながら花燐は訝しげに顔を歪めた。

「詩織のことも知っておったのか？　でも特尉は『仕事をするな』と釘を刺しておったではないか」

「ええ。今回は正一氏に頼まれて、友人として手を貸しただけです。仕事ではなく、あくまで私的な交友の出来事。休暇の範疇です」

「北関東基地の人員も参加しておったぞ？」

「南雲司令を含めた兵士も、休暇申請をしていますからね。全部私事です。仕事ではありません」

「??」

意味を測りかねて首を傾げていると、黎人はわずかに目を細める。

「仕事として動くと、上への報告が義務づけられる。この一件は、上層部には知られたくないんだよ」

「なぜだ?」

「……それは秘密だ」

そう言って、湯飲みに口を付けてしまう。釈然としないが、麻宮には通じているらしい。彼は「そうそう」と言いながらもう一通、封書を取り出した。

「南雲司令からもお手紙が来ています。絵はがきが入っていますね」

封書の中から一枚のはがきを抜くと、そのままこちらに見せてくれた。受け取ると、黄色い花が描いてある。

「なんの花だ?」

「福寿草です。日本全国に自生する、冬に咲く花です。南雲司令のサインがありますから、指令が描かれたのですね。噂に違わず多才な方ですよ」

ほうと唸って手紙を見つめる。添えてある文字は達筆だが、どこか簡素だった。

「『出来うる限りの種を蒔きましょう』か。この花の種を蒔くということかの?」

黎人を見上げて尋ねると、彼は珍しく薄く笑った。

「そういうことだ。福寿草の花言葉は『永久の幸福』だったかな。司令には少し無理を言ったが……成し遂げてくれるだろう」

　またもや不思議なことを言う。ちらりと麻宮を見るも、相変わらずにこにこと笑うばかりだ。完全に除け者にされている。

「黎人！　わたしに隠しごとをしているだろう！」

「しているとも」

　平然と返すので、もはや口をあんぐりと開けるしかない。不信の目を向ける前に、麻宮が間に割って入ってくる。

「それよりも、犬神の話を聞くのでしょう？　ぽかんとしている場合じゃありませんよ」

　それもそうだ。呪詛となった犬神を倒した日、天鼬は大事なことを打ち明けようとしていたのだ。

　それまで静かに話を聞いていた天鼬は、かしかしと後ろ足で耳を掻いて、金色の目を細めた。

「黎人と……麻宮と言ったか。こいつらは信用に足る人間なんですかい？」

「やり方には賛否があろうが、我々に尽力してくれている」

　花燐が言うと、しばらく押し黙ってから、天鼬はゆるゆると語り出す。

「……十一年前のあの日、俺はとある情報を摑んだ。軍人に憑いて軍部に潜入していたんだが、これはまずいと思った。憑いた人間から離れ、走った。その頃親父様は、人知れず人間の友人と何度も会合を重ねていてな。それがようやくまとまったと聞いていた。東西に棲み分けなきゃならん妖怪と人間の、和平だ」

「私の父である都築秋一と、花燐の父である空亡が、和平交渉をしていたんだな」

黎人の言葉に、天醐は頷く。

「小競り合いも多かったし、お互い疲弊していた。ここらで手を打つべきだ、という時期だったんだ。当時、その小競り合いに疲弊していた軍上層部の中には、和平を唱える都築派を支持する者も多かった。軍内部の一部の悪政と腐敗に憂えた都築派は、それなりの発言力もあったからな。そういう連中が集まって、軍全体の方針を発表する計画が立てられた。東西で棲み分けることなく、妖怪と人間が共に暮らす時代を作ろう、ってな」

「軍の方針となれば、日本に住む人間の総意と言ってもいい。しかし、その計画は襲撃された。和平計画を発表しようと集まった都築派が、空亡率いる妖怪に殲滅(せんめつ)された」

「はめられたんだ！　親父様の元には、こんな情報として伝わっていた。そこに集まる人間は、妖怪に全面戦争を仕掛けようとする過激派であると。異論を唱えた妖怪が、実際に殺された。これは報復であると、親父様は頭に血が上っていた。その情報を信じて襲撃したんだろう」

天醐はぎりぎりと歯を噛みしめ、悔しそうに鼻梁(びりょう)に皺を寄せる。

「情報操作があったんだな。どこかで誰かが情報をすり替えた」

「俺はそれに気付いた。親父様が襲撃に出る前に、この真実を伝えねばならん。だから走った。取り返しのつかないことになると、わかっていたからな。だが急ぐ余りに人間の体から抜け出た俺を、あいつに襲われた。天閃だ。俺を襲って鏡に封じ、十一年の後に詩織に売った」

　吐き捨てるように言った天翩を、花燐は見下ろす。

「その天閃は……なにがしたいのだ？　父の片腕だったのだろう？」

「昔の親父様は血の気が多くて、大戦時には先陣切って戦う方だった。しかし徐々に人間を擁護するお考えに変わった。だが天閃はな、妖怪は人間より勝っている。人間は愚かで劣っている、そういう思想のやつだ。当然、親父様と衝突する。最終的には袂を分かって、なにやら動いていたらしいが……まさか親父様を処刑させるなんてな。そこまでの馬鹿野郎だとは思わなかったぜ」

「天閃が全ての黒幕であると？」

　黎人が問うと、天翩は鼻を鳴らす。

「裏で糸引いてるのは間違いねえな。だがよ、人間側にも内通者がいるぜ。親父様が居ちゃ、都合が悪いと思ってる人間がな」

「軍上層部か。一条元帥だな」

　はっきりと告げた黎人を、天翩はまじまじと眺める。

「そこまでわかってんのか。当時、俺が掴んだ情報もそうだ。一条が天閃と組んで、親父様をはめようとしている。俺はなんとしてでも……死んでもこれを伝えなきゃならんかった……！」

「すでに終わったことだ。先のことを考えよう」

おそらく、黎人なりに慰めているのだろう。天翤は暗い顔で俯いてしまった。

「……だが、一条元帥は『人間と妖怪は仲良くしよう』と言っておったぞ？」

花燐が言うと、黎人は椅子に座った膝の上で静かに手を組んだ。

「元帥が提唱するのは『華族による日本政府の管理』と『悪事を働く妖怪の根絶』。以前の夜会の猩々の件も、元帥の差し金だと思っている。軍と華族が……いつまでも正義面をしていられるように、表向きの嘘などいくらでもつくさ」

「しかし華族の言い分は『妖怪より人間の方が優れている』というものだろう。天閃とは相容れぬぞ」

「思想が違っていても、なにかしら利害が一致するのだろう。だから協力体制を取っている。腹の中はわからんがな」

「……そうだろうか」

夜会で見た一条の顔を思い出す。絵に描いたような好々爺だったではないか。言葉も表情も、全てが嘘だったのだろうか。

「俺はこの十一年のことはほとんどわからん。詩織に聞いた限りの情報しかねえんだ。まあでも、おおよその予想はつく。お嬢も封じられ、妖怪には旗印がねえ。親父様亡き今、誰かが妖怪の意思をまとめなきゃならん。じゃなきゃ、ただの有象無象だ。……だからお嬢！」

天鬫はばっと顔を上げると、再び頭を地面に擦りつける。

「お嬢が親父様の跡を継いでくれねえか？　俺が言えた義理じゃねえが……頼む！」

「わたしが？　妖怪たちの総大将になれと言うのか⁉」

「このとおりだ！」

花燐は面食らってしばし黙り込み、顔を顰めて黎人を見上げる。

「強要はできない。きみ自身が考え、どうしたいのかを決めるといい」

「どうしたいか……と言われてもな」

ひもじいのは嫌だ。暖かな布団で寝たい。誰も彼もがそうなるといいとは思う。

「わ、わたしは……つつがなく暮らせればそれでいい。もちろん、戦は嫌だ。避けるべきだ。だからと言って、わたしになにができるのか……皆目見当がつかん」

最善は尽くしたい。しかしこの手でなにができると言うのだろうか。

困惑して口を閉ざしていると、麻宮が助け船を出してくれた。

「そのための婚約で結婚ですよ。まずは公に、人間と妖怪が手を取り合うのだとアピールして、具体的になにかをするのはそれからでは？　いきなり総大将だと名乗りを上げても、ついてくる妖怪もたかが知れているはず。一朝一夕でできることじゃありません。ちゃんと計画を立てて、こつこつ進めるんです。外堀を埋めるのは大事ですよ」

麻宮が言うと妙に説得力がある。とりあえず頷いて、花燐は自分の両手を見つめた。

犬神と戦った時、この体には天鬫が憑いていた。自分の功績ではない。詩織から感謝されるべきは天醐なのだ。それに南雲を動かしたのは黎人だ。花燐はなにもしていない。
そういう無力感が、いつまでも胸に沈んで消えなかった。

◆第四章　恋とは◆

「ごめんください。こちらに百鬼の姫様がいらっしゃると聞いてきましたのじゃ」

すでに季節は冬を迎え、日に日に寒さが身に染みてきた頃だった。最近の帝都の邸宅には、毎日のように来客がある。

夜が明けようという極めて早朝に、玄関のドアを開けた寧々はわらわらと集まった小さな生きものを見下ろして、ぼそりと呟く。

「……河童……」

小さな皿を頭に乗せ甲羅を背負った、一尺（約三十センチ）ほどの妖怪。それが足下を埋め尽くすように立っていて、思わず寧々は固まった。それを隙有りとばかりに、ドアの隙間から緑色の妖怪がなだれ込んでくる。

「姫様！　姫様はいずこ！」

「どちらにいらっしゃるのじゃー！」

「ああ！　待って下さい！　勝手に入らないで！」

さすがに玄関先で悲鳴を上げている寧々に気付き、花燐はぱたぱたと騒動の元へと走る。

すでに広めの玄関ホールは緑の生きものでぎゅうぎゅうになり、押し合いながらなんとかこちらの姿を見つけたようだ。

「これなるは百鬼の姫様じゃ！」

「ありがたやありがたや！」

「姫様にお願いがありますのじゃ」

「どうかどうか、妖怪の総大将に……二代目におなりくださいなのじゃ」

口々に言い出す河童たちをぐるりと見回して、花燐は頭を抱えた。

「……おぬしたち。どうやってここまで来たのだ。目立つだろうに……大丈夫だったか？

それにな、わたしはそもそも――」

「お優しい姫様じゃ！」

「さすがは空亡様の御息女じゃ！」

「拝み奉るのじゃー！」

こちらの話をあまり聞く気はないらしい。河童たちは小さな手を合わせて、ぶつぶつとなにやら祈り出す。

夜明け前の寒い中、集団でぞろぞろと歩いたのだろう。すっかり冷たくなっている河童を見かねて、それぞれに温かい茶を勧め、手にきゅうりを握らせてやる。そして粛々と語って聞かせた。

妖怪の総大将を名乗る気はないこと。人間と妖怪の戦争は回避したいこと。そのために、黎人と婚約していること。自分は無力であること。

しかし河童たちは話を聞いてくれなかった。なにがなんでも花燐を総大将に――二代目に推したいらしく、話し合いはいつまでも平行線である。

どうしたものかと困っていると、奥からのっそりと天醐がやってくる。

「おう、おまえたち。お嬢が困ってるぜ。俺からもよく説得するからよ、今日は帰りな」

「天醐様じゃ！」

「どうかお頼み申すのじゃ！」

「我ら河童に、綺麗な川とうまいきゅうりを！」

好きなことを言い残して、河童たちはようやく帰って行った。最後の一匹をしっかりと見送ってから、花燐はぐったりとうなだれる。

「……昨日は確か、猫又の集団だった。その前は古狸だったたか」

ドアの向こうを注意深く確認して、そろそろとドアを閉めた寧々は何度も頷いた。

「ここのところ毎日ですね。まあ、特に花燐様の所在は隠しているわけではないですし、夜会では大々的に公表しましたし。妖怪たちがこの家を探し当てるのも、容易でしょうけど……こうも連日だと疲れますね」

「一応、配慮はしているらしい。猫や狸であれば、帝都を歩いていても妖怪だと気付かれにくいからな。河童は……ごまかせないだろうが」

花燐が疲れた様子で呟くと、その場に座った天醐が鼻を鳴らす。

「どいつもこいつも土着の妖怪だ。東西に棲み分けろってなっても、その場から離れられない連中ばかりだ。行き詰まってんだな。誰かに現状を変えてほしいんだ。そろそろ妖怪側も我慢の限界だろうよ」

「わたしに期待されても困る。なにをせよと言うのか」

「そりゃもちろん、二代目を名乗って人間側と大戦争よ。人間が幅を利かせている土地を奪い取って平和に暮らしたい、ってな」

「できるわけなかろう」

即答すると天翩は大きな耳を伏せる。

「わかってるよ。でもな、お嬢は俺らの期待を背負ってるんだ。一方的にな。具体的な将来の展望でもありゃ、俺は死ぬ気で働くぜ。誰にでも取り憑いて、必要な情報を取ってきてやるさ」

「具体的な……展望」

呟いて、自分の無力な手を見つめる。この手ひとつでなにができるのか。黎人のように組織を動かす力もない。天翩のような諜報もできない。生まれついたものだとしても、この体は数多(あまた)の妖怪の命を背負っている。無責任に放り出すこともできない。

悄然(しょうぜん)と立ち尽くすが、寧々は厳しい顔で天翩に向き直る。

「あまり花燐様に重圧をかけないでください。花燐様は真面目な方なんですから、あれもこれも背負っては潰れてしまいます。妖怪の未来も大事ですけど、目下の憂いは天閃ですよ。どうも私には、花燐様を狙っているような気がしてなりません。早く見つけ出してなんとかしないと、枕を高くして寝られませんよ」

「そうさな。なら俺が、ちょいと調べに出て行こうかい。なに、同じ轍は踏まねえよ」

そう言って伸びをするので、花燐と寧々はその体を慌てて取り押さえる。

「待て待て待て。おまえに出て行かれては困る。なにせわたしには、自分の身を守る手段が限られている。何者かに襲われたとき、おまえがいれば危機を脱せよう」

「そうですよ。私もひとりで護衛は荷が重いです。戦闘要員は多い方がいいんです」

「……そうかい？　まあ俺も、お嬢を置いていくのは不安だがよ」

「そうだろう？」

「情報は陰陽軍の諜報部がなんとかしますから」

口々に言い募っていると、階段の上から静かな声が響いた。

「朝からずいぶんと賑やかだな」

一分の隙もなく漆黒の軍服を着込んだ黎人が、音もなく階段を下りてくる。手には外套と大きな革製の鞄だ。その後ろにはやはり同じような格好の草一郎が、足早についてくる。

「出勤するにはずいぶんと時間が早いな。それにその荷物はなんだ？　旅行にでも行くのか？」

「今日からしばらく出張だ。各地の有志と話がまとまりそうでな。皆の前で演説をして檄を飛ばす。そういうことをしてくる」

「聞いてないぞ」

「言っていないからな」

いささかむっとして眉間に皺を寄せる。

「どこに行くんだ?」

「それは言えない」

「誰が来る? あの一条元帥もか?」

「それも秘密だ」

「わたしはなにをすればいい?」

「まだなにもしなくていい」

「……いつ戻ってくる?」

「知らなくていい」

「いつもそれだ! なにを聞いてもおまえはわたしに隠しごとをする。一体いつになったら言えるようになるんだ!」

「それも言えない」

黎人との問答はいつも埒が明かない。さすがに苛立ち顔を紅潮させる。しかし感情の爆発では黎人は動じないだろう。それがますます腹立たしかった。ぐぬぬと押し黙っていると、彼はいつもの無表情で淡々と語る。

「言葉は時に致命的な質となる。私はそれを嫌と言うほど知っている。知らせないということは、きみを守ることだと理解してほしい」

「わたしを守る……」

「言葉は情報だ。金にもなるが弱みにもなる。だから今は言葉にしない。これからの私の行動の全ては、きみの解釈で構わない」

「黎人の行動？」

なにやらまたわからないことを言い出す。脳内が疑問符でいっぱいになっている目の前で、黎人は外套を羽織った。

「赤羽、あとを頼む。天醐、すまないが花燐についていてやってくれるか」

「なんだよ。俺はおまえの命令なんかきかないぜ」

「命令ではなく、お願いだよ。花燐になにかあって困るのは、私もきみと同じだ」

それだけ言うと、草一郎が開けたドアを通り、さっさと外に出ようとする。

「あ！　おい……！」

「まだ、なにか？」

冷淡に振り返る黎人を、花燐はぐっと見上げた。

「今……わたしにできることはないか。わたしを狙って、どこかで天閃が動いているのだろう。そうだ。わたしが囮になればいいではないか。神出鬼没の相手なんだ。おびき寄せた方が早い」

「囮？」

黎人は露骨に嫌そうな顔をした。

「危険は承知だ。しかし、相手の狙いもわからない今、ただ閉じこもって誰かに守ってもらうだけでは嫌なんだ。自分から打って出たい」

「手段のひとつとして有効かもしれないが、賛成はできないな」

「まあ、黎人ならそう言うだろうが……しかし！」

いつまでも無力なままではいられないのだ。なにかをしなくてはならない。じりじりと焦燥感が常に付きまとうのだ。囲われ持ち上げられるだけの存在に意味はない。

そういう焦りが顔に出ていたのだろう。黎人は小さく目を細めた。

「わかった。検討しよう」

「本当か？」

「しかしきみは、なにもしていないわけではない。きみにしかできないことは、これからいくらでも出てくる。今はまだ、その準備の期間なんだ。それにきみは、既に手を動かしているとも」

言って胸元を押さえ、もう一度目を細めた。

「昨夜は私の略章を縫ってくれた。ありがとう」

「あ、ああ。それくらいしか、できることがないからな」

わざとなのか無自覚なのか、彼は時々こういう顔をする。普段は笑わない黎人が、少し微笑んでいるように見えてどぎまぎするのだ。それはつまり、好きということだろうか。はたと考え出してしまっていると、黎人と草一郎の姿はすっかりいなくなってしまっていた。

＊＊＊

「特佐の略章、花燐様が縫ってあげたんですか？」

　寧々が階段の手すりを拭きながら聞いてくるので、花燐は玄関ホールを掃く手を止める。

「あの、ひらひらした綺麗な布だろう？　桜の花びらが細かく刺繍してあって、可愛いものだな。なにやらたくさん持っていたぞ」

「そう！　そうなんですよ！　特佐、勲章をもらっても軍服に付けないで、放っておくんです。それはよくないって周りは言うんですけど、面倒だって言って聞かなかったんですよ」

「そんなに大事なものだったのか？　ずいぶんと適当に仕舞っていたぞ。これはなんだと聞いたら、そのうち服に縫わねばならんと言うから、わたしがつけてやったんだ」

　応えながら、昨夜のことを思い出す。今思えば、荷造りをしていたのだろう。あちこちに仕舞ってあるものを取り出し、鞄に詰め込んでいた。そのときに、ちらと見えたのだ。赤や黄や緑の刺繍が刺してある布。これはなにかと尋ねたら「ただの略章だ」と言っていた。首を傾げると、またあちこちをごそごそと探し、適当に放り込んでいたと思われる箱を持ってくる。

　開けてみると、花のようなものをかたどったメダルと、同色の略章とやらがあった。メダルは知っている。夜会のときに黎人の軍服についていた勲章だ。聞くと、正装は勲章をつけるが、普段は略式の勲章をつけるらしい。それが略章であると。そのうち縫わねばならんと言いながら、雑に仕舞おうとするので「ちょっと待て」と止めた。

服を縫ったり繕うことはよくしていた。別にたいした手間ではなかったし、黎人にしてあげられる数少ない仕事だ。最初、彼は「自分でやる」と言い張ったが、半ば強引に奪い取った。どうも黎人は、他人に任せるのを嫌う。しかし一応、妻になる身だ。これくらいやれないでどうする。そう言うと、渋々と作業を任せてくれた。

そう言う割には、ちくちくと縫っている間、なにやら嬉しそうな目でこちらを見ていたが。

「勲章は軍人の誉れですよ。特佐の行いが認められた証拠です。それを放っておくなんてとんでもない話です」

「そうなのか？」

するとと掃除中の部屋に毛を落とさぬよう、端で小さくなっていた天醐が笑う。

「布っきれひとつが、そんなに嬉しいもんかね」

「見た目は布ですけど、そのひとつひとつに意味があるんですよ。これはあのときの作戦、これはあの日の任務。それぞれに思い出と物語があるんです。特佐という人間の歴史ですよ」

「歴史か……」

あまり感傷に浸るタイプには見えないが、そのうち聞いてみようか。

ふと自分の身を振り返る。

「わたしには、誰かに話せるだけの歴史も功績もないな」

「花燐様……」

箒を握っていた手を見下ろして、軽く唇を噛む。寧々は労るような目を向けてきたが、軽く手を振って見せた。

「ああ、そんな顔をするな。違うぞ。卑下しているわけじゃない。無いのなら作れば良いのだ。これから、こつこつと積み上げていくのだ。歴史とは、そういう小さなことの積み重ねだ、おそらくな」

「そうですとも！　これから楽しい思い出もたくさん作りましょう！　なんてったって、これから結婚される身ですからね！　花嫁ですよ！　新婚ですよ！　我々もいますから、今までできなかったことをしましょう！」

勢い込んで寧々が声を上げるので、思わずつられて笑った。すると天醐はその場で大きく伸びをする。

「よしよし。お嬢がその気になったのなら、その思い出作りとやらに参加しようじゃないか。手始めに、日参してくる妖怪たちの相談を受けるのはどうかね。なにもできないと嘆くよりは、幾分か建設的だろうよ」

天醐がのっそりと玄関へ向かい、前脚を使って器用にドアを開ける。しかしそこから出て行くことをせずに、その場に座り込んだ。

「雨が降ってきたな」

ぼそりと呟くのを聞いて、花燐は外へ視線を向ける。

いつの間にか空は厚い雲で覆われ、ぽつぽつと大きな雨粒が落ちてきていた。そろそろ雪が降る頃かと話していたが、思ったより先になりそうだ。

いつか見た雪の花の話を、黎人にしよう。そう思いながら、いつか止む雨空を見上げた。だが風は重く湿り、季節外れの嵐を連れてきたのだった。

＊　＊　＊

すっきりとしない天気は二週間も続いた。ぐずついた天気でも、妖怪たちは邸宅へやってきた。猫又が「嵐で住み処が飛ばされた」と訴えれば庭園を貸し、増水した川で河童が溺れたと聞けば助けに行った。あのとき助けた猩々も、わざわざ礼を言いに来てくれた。

そうやって寧々や天翢と帝都を奔走しているうちに、ちらほらと味方も増えてくる。町人から野菜や水の提供があったり、手を貸してくれたりと、花燐の存在を認めてくれる節があったのだ。非力だった自分の手が、少しだけ好きになれた気がした。

しかし黎人が帰って来る様子は欠片もなく、焦れた花燐は度々基地本部を訪れて、音沙汰はないかと問い合わせる始末である。

さすがに何度も足を運ぶと、留守を預かる麻宮に目を付けられた。結果、ため息交じりに伝言役を宇津木に押しつけ、なにかあればすぐに連絡すると、ぴしゃりとこちらを閉め出したのだ。

ふくれっ面で出窓に顔を乗せ、雨が降ったり止んだりする空を眺める。そんなある日だった。晴れ間を縫うように、一羽の鳥が窓辺にやってきたのだ。少し翼が歪で、飛ぶのにも苦労するような小さな鳥だった。こつこつと窓ガラスを叩くので、部屋の中に入れてやった。

「どうしたおまえ。腹でも減っているのか？」

するとと気付いた寧々が駆け寄って、「あら？」と声を上げた。

「足に手紙が付いていますね。でも伝書鳩でもないし……」

「宇津木じゃないのか？　この鳥、どことなく宇津木に似ている」

「かもしれませんね。だとすれば、特佐の情報でしょうか。きっと帰還の予定ですよ」

そう言って寧々は手紙を外すと、素早く目を通す。そうすると鳥は音もなく、溶けるように消えてしまった。なるほど、式神のようなものなのか。

「宇津木はちゃんと伝言役を果たしたのだな。なんのかんのと、仕事はしっかりしているではないか。間諜だとは思えないな。なあ、寧々」

同意を求めようと寧々に目をやると、彼女の顔色がみるみる失せていく。書面から視線を動かせず、立ち尽くしているようにも見えた。不思議に思い、花燐は声をかける。

「寧々？」

「……花燐様」

表情を強張らせて、寧々は言葉を絞り出す。

「……特佐が暗殺されたって……」

「……え……？」

まず、彼女の言った言葉の意味が理解できなかった。吹き抜ける風を思うように、なんの感慨も持てない。心の中で二度三度繰り返して、ようやく意味を汲み取る。次いで毒のようにじわじわと体に染み入ってきた。

なにかを発するよりも先に、寧々の手から書簡を奪い取る。書面はどうやら宇津木が書いたものらしい。緊迫した走り書きに彼の署名がある。確かに『都築特佐暗殺』と『至急、その邸宅から離れるように』と記されていた。

「……嘘だ」

現実味などまるでなかった。小説の文字を追うときに似た、第三者の目線しか持てない。

「きっといつもの、麻宮特尉あたりの計略かもしれませんね。なにかの手違いで、こちらに連絡が来てしまったとか」

花燐には、振り返る寧々の顔をまともに見ることができなかった。

「花燐様、そんな簡単に特佐が暗殺なんてされません。我々の何倍もの兵士が付いてますし、それこそ精鋭揃いですから。もう本当に、こんなときに冗談はやめてほしいですよね」

冗談めかして言ったつもりなのだろう。寧々の顔色は蒼白で、とても冗談では済まされない事態を物語っていた。

「……本部へ行こう」

やっとの思いでそう言うと、寧々は頷く。

手早く用意された馬車に、強引に天翽も乗せて速やかに本部へと向かった。邸宅へ置いていくのが怖かったのだ。宇津木の警告もある。

色のない顔で馬車に乗り込んだ花燐は、宇津木からの書簡に何度も目を通す。しかし、そこに書かれた文字が変わるわけではなく、『暗殺』の単語がまざまざと真実を示すだけだった。それでも、書簡を持つ手が凍り付いたようにかじかんで動かない。

「嘘だ……黎人が死んだなんて」

同じ言葉を、祈るように繰り返す。そもそもだ。なぜ、必ずまた会えると疑わなかったのだろう。黎人が属するのは、武器を手に戦地を駆ける軍隊だ。軍部も派閥間の不満が頻出し不穏な情勢だし、妖怪との争いも日常としてある。なぜ、必ずまた会えると信じていたのだろう。黎人だけが無事であると、なぜ疑わなかったのだろう。花燐にはただ、誤報であることを祈るしかない。

色のない景色を、馬車は駆ける。半刻も経たぬ内に軍本部へ到着すると、花燐の顔を見て番兵は中へ通してくれた。花燐は馬車から飛び降りて周囲を見回したが、基地は整然としていた。寧々が御者席を降り、どこかほっとしたように微笑む。

「ほら、いつもと同じですよ。特に異常はないようです」

「そうだな。みんな普通にしている……」

行き交う兵士は、突然の百鬼の姫の来訪に驚いてはいたが、取り乱したりはしていなかった。大きな混乱もなく、日常の風景にしか見えない。まずは麻宮を探して話を聞こうと、司令室へと向かう。きっと、なにかの手違いで情報が行き違ったのだろう。ただの杞憂だったのだと、花燐は心のどこかで安堵していた。

司令室の前には、警備の兵士がいる。花燐の顔を見ると、目を丸くして麻宮を呼び出してくれた。やがて現れた赤錆色の髪を見つけて、花燐はわずかに顔を輝かせる。すぐにその口から、真実が聞けるはずだ。ただの誤報だと。

「麻宮特尉……！」

しかし、見上げた麻宮の顔に笑みはなかった。花燐の顔を見るなり、淡々と司令室を振り返る。

「……誰が彼女に連絡を？」

司令室の兵士たちは押し黙ったまま、皆首を横に振る。鋭い視線でそれを確認したあと、麻宮は花燐を射貫くように見下ろした。

「なぜ、ここへ？」

「宇津木特士から……」

「すぐに彼を呼び出しなさい」

間髪を容れずに、指示を下す。いつもと様子がおかしい。余裕のない表情と口ぶりに、花燐の背中がひやりと震えた。

「……特尉の計画ではないのか？」

「僕の？　だったら良かったんですけどね」

「………………」

間違いなく、なにかが起きているのだ。麻宮の想定外のことが。その事実を目の当たりにして、花燐の心臓が早鐘を打つ。同時に血の気が引く音を聞いた気がした。やがて司令室に宇津木が現れた。

「お呼びでしょうか、麻宮特尉」

いくらか硬い面持ちの宇津木に冷ややかな視線を投げて、麻宮は声を潜めた。

「なぜ、僕の指示もなく情報を漏らしたのですか？」

「花燐様は知るべきかと。それに時間の問題です。都築特佐の連絡がないままでは、不審に思われるでしょう。どうせまたここへやってきます。邸宅にいるままで、なにかあっては危険かと。報告書は至急の但し書きをつけて、提出済みです」

宇津木の言葉を聞き、麻宮は司令室の一角を睨み付ける。

「宇津木からの報告書など見ていませんよ。僕に報告漏れが？」

麻宮の圧力に押されながら、兵士の何人かが慌ただしく書面を探し回る。その様子を見て、花燐は確信する。現場は混乱しているのだと。震える足を鼓舞して必死に立っていたが、気が遠くなる気持ちだった。

「黎人は……」

しかし、続きの言葉が出てこない。口にするのが恐ろしかった。蒼白の顔で立ち尽くす側で、宇津木がそっと口を開く。

「姫様、あんたは西へ逃げた方がいい。ここでのことは忘れて、妖怪の住む西側へ。妖怪と和平とか、そんなことはもう放って置いて。ここに居ると巻き込まれ――」

「宇津木」

聞き咎めた麻宮が、辛辣な目を向けてくる。余計な口を利くな、そういう目だ。

すると司令室の外からひとりの兵士が、麻宮に耳打ちをする。麻宮は眼鏡の位置を押し上げると、小さく頷いた。

「……到着したようですね。宇津木特士、ついてきなさい。姫君」

「……なんだ」

「迎えに行きますか？」

どういう意味かと、問う勇気は花燐になかった。

麻宮は幾人かの部下と宇津木を連れて歩き出す。花燐も、付き従う寧々と天醐と共に慌ててあとを追った。到着したのは、簡易の祭壇が設けられた暗い部屋だった。外から次々に、毛布に包まれた大きな荷物が運び入れられる。一見して人の大きさだ。これは遺体だとすぐに飲み込む。整然と並べられる中のひとつに、麻宮が歩み寄った。近くの兵士に確認をしたあと、彼は花燐を振り返る。

「近くで見ない方がよろしいかと」

「……そういうわけにもいくまい」

「そうですか」

言うなり麻宮は、目の前の遺体の毛布を剝ぎ取った。はらりと、中から見た覚えのある黒い髪が落ちる。顔面は派手に潰れ、大量の血が噴き出していた。だが一見してわかる。これは黎人だ。呆然と見やる花燐の目の前で、遺体の目の辺りからどろりと眼球が零れだす。

「…………っ」

「花燐様……！」

耐えきれず、花燐はその場に崩れ落ちる。慌てて寧々が視界を遮り、抱き締めた。言葉を失う花燐を視界の端にとどめ、麻宮は冷めた声で淡々と口を開いた。

「生き残ったのは？」

「現在、確認できているのは私を含めた十名です。死者は都築特佐を含め三名」

どこからか声が聞こえる。黎人の供をしていた兵士だろうか。しかし花燐の思考は全く働かない。時間が止まったように、目の前の出来事がまるで絵に見える。体も動かない。寧々の体で視界は遮られていたが、黎人の軍服の黒い色がちらりと目に入る。所々がすり切れ千切れ、ひどく損傷していたが、胸の略章は確かに黎人のものだった。やはりこれも一部が欠けていた。麻宮も気付いたのか、遺体の略章を指で辿り身元を確認している。

「状況を」

麻宮の声に誰かが答えた。

「昨日十八時、本部への移動中に遠距離から狙撃されました。まず都築特佐が撃たれ、次に護衛の兵士がふたり。着弾と同時に襲撃を受けました。撃たれた特佐も兵士も狙撃での即死ではなかったのですが……断崖を移動中で隊はそのまま崖下へ。崖上の伏兵が崖を爆破し、落石に巻き込まれました。伏兵は崖下にも待機しており、特佐を含めた十数名に強襲を。発見できた遺体は翌朝に回収、暴徒も一部鎮圧しましたが……行方不明者も多数です」

「襲撃してきたのは妖怪でしたね？」

「はい」

「しかしおそらく、例の針が使用されたでしょう。そして狙撃したのは人間でしょうね」

どういうことかと顔を上げると、麻宮が意図のある目を細めて口を閉ざす。わざとらしく視線を動かすので、あとを追うと安置室に一条がやってきたところだった。

「大変なことになったな、麻宮特尉」

「わざわざこのような場所へ。ご足労痛み入ります、一条元帥」

一条は苦渋の顔を歪めて遺体を眺める。

「前途有望な若者が散っていくのは、いつ見ても嫌なものだ。なにもかも、これからだという時に……。都築特佐の遺志は、お嬢さんが継ぐのかな？」

　不意に話題を振られるが、応じる余裕などない。代わりに麻宮が口を開く。

「今はまだ、花燐様にそれを期待するのは酷でしょう。かといって、副官である僕に後釜が務まるかと言われれば、正直難しいところです。黎人が主導する都築派がまとまっていたのは、彼のカリスマ性に依るところが大きいのですから。残念ながら、僕にその器はありません」

「皇族であるきみが声を上げれば、十分に存続可能だと思えるが……ここまで勢力を拡大させたのに、口惜しいことだ」

「元帥の提言を支持する一条派と諍いもありましたが、そこまで目を掛けて下さったこと、黎人も光栄だと思います」

「ふむ。さて……今後をどうするのかね？」

　問われた麻宮は、少し考えるような素振りを見せた。

「二日後に予定していた、陰陽軍最上層部の会談。黎人と僕は出席の予定でした。わがままを申しますが、黎人の葬儀を兼ねていただけませんか」

「一軍人でしかない都築特佐の葬儀を、軍公式で行うと言うのか？」

「はい。それだけ影響力のある人物であったと自負しております。我々、都築派の区切りと終結を見届けてはいただけないでしょうか」

絞り出すような麻宮の言葉に、一条は低く唸って頷いた。

「わかった。私が采配しよう」

「我々は引き続き、行方不明者の捜索と襲撃してきた妖怪の追跡に全力を尽くします。妖怪との和平を唱えてきた都築派ですが、人間に害を為す妖怪を擁護はしません。仇討ちとお考え下さっても結構です。今、我々が黎人にしてやれるのは、それだけでしょうから」

「そうだな。きみたちの無念も理解できる。本部に残っている都築隊は現場へ向かい、行方不明者の捜索と救援にあたってくれ」

「花燐様は念のために本部で待機。天醐くんもついてください。赤羽准特士、あなたは現場へ向かいなさい。明朝出発です」

色のない顔で立ち尽くしていた寧々が、びくりと背中を震わせた。

「し、しかし！　花燐様の護衛はどうされるのですか⁉」

「幸いなことに、そこの犬神がいるでしょう。新人准特士が随従(ずいじゅう)するよりも安全です」

「ですが……！」

「陰陽軍の最高司令官は一条元帥です。全員、命令系統を遵守せよ」

有無を言わせない厳しい口調だ。寧々は渋々と敬礼をするしかなかった。

＊　＊　＊

花燐にはとりあえず黎人の執務室があてがわれた。どの道を通り、どうやって部屋に入ったかも覚えていない。どれだけの時間が経ったのかもわからない。気が付けばソファに座り、ぼんやりと暖炉の火を見つめていた。主のいない部屋は、とてつもなく広い。いつか訪れたときは、すっかり見慣れた黒髪の長身が隣に座っていたのに。

「……黎人がいない」

目の前のテーブルには、冷め切った紅茶と軽食が置かれている。寧々が持ってきてくれたのだろうか。それすらも記憶にない。

「黎人が……いない」

ひとりきりの部屋で、ぽつりと呟く。返事はない。寧々たちは気を利かせて部屋を出ているのだろうか。それとも、軍の職務に追われている？　一瞬だけ考えたが、すぐに現実に引き戻される。黎人と共にいた時間は、きっとそれほど多くはなかった。彼は常に多忙で、邸宅に戻ってこない日の方が多かった。それでも確かに、絆はあったのだ。全てはこれからうまくいくと信じていた。

目の前で凄惨な遺体を見たときから、花燐の心は凍り付いていた。悲嘆に暮れるわけでもなく、泣き叫ぶでもない。感情の一切が時を止めたようだった。外気の寒さも暖炉の熱も、色さえも感じない。ただ〝黎人がどこにもいない〟という事実だけが、花燐の心と体を支配していた。

部屋の主はもういない。為すべきことを果たせないまま、逝ってしまったのだ。あらゆるものを犠牲にして志した思いが、全て無に帰した。無念などという言葉では表せないだろう。それでも彼の目指した理想を、別の誰かが叶えようとするのだろうか。例えば麻宮。しかし、その隣にいるのは自分ではない。とても想像ができなかった。そう思い至って、花燐はわずかに視線を上げた。

「わたしは……黎人じゃなきゃ駄目なんだな」

百鬼の姫として平和のために尽くしたいと思っていた。その具体的な手段が、黎人への嫁入りであると。だがその思いは、黎人の隣に居てこそだった。彼がいない今、ぷっつりとその情熱が途絶えてしまった。

「黎人の隣じゃないと……わたしはわたしじゃいられない」

とてもひとりで……ましてや他の誰かと、平和のためだけに戦えるだろうか。

「無理だ……。わたしは頑張れない……」

無感情に吐き出して、部屋の外に視線を投げる。遺体が安置されている方向だ。

「黎人に会いたい」

花燐の欲求はそれだけだった。鉛のように重い体を引きずって、部屋のドアを開ける。

警備に立っていた寧々と天醐が気付いて、すぐに飛びついてきた。

「お嬢、大丈夫か？」

「花燐様……。どうされましたか？」

「……黎人はこのあと、どうなるんだ？」

「……通常の兵士でしたら、家族の元へ。身内がいない場合は共同墓地に埋葬されます。葬儀が二日後ということでしたので、それまではあの安置室にいらっしゃるかと」

「わたしは……きっとここに居ても意味がない」

「花燐様……」

「黎人に会いたい」

「…………」

「会いたい」

淡々と呟く花燐に、寧々は痛ましそうに顔を歪める。血の気の失せた白い顔だ。寧々にはまるで亡霊を見るようだったのだろう。寧々は冷え切った花燐の手を取って、何度か軽く叩いた。

「……少しだけなら、きっと見逃してもらえるかもしれません。一緒に行きましょう」

「黎人に会えるか？」

「会えますよ」

そのまま手を引いて、寧々は夜の基地を歩き出した。天翩は部屋で待機させた。花燐は黙ってついていった。泣きも喚きもせず、小さな子供のようだった。やがて真っ暗な安置室に到着し、寧々は部屋の灯りを付けて回る。警備の兵士に見つかれば、きっと麻宮の耳にも入るだろう。命令違反、規則違反はわかっている。降格や減給だけでは済まないかもしれない。それでも寧々は、花燐を放っておけなかったのだろう。明朝の一番に現場へ向かえと命令されていても、花燐の警護を買って出たのだ。

最奥にある遺体の毛布を、寧々はおそるおそる取り上げた。すでに処置は終わっているらしく、痛ましく損傷した顔には包帯が巻き付けてある。

花燐はゆるゆると手を伸ばす。彼の面影は、もはや黒い髪だけだった。髪の一房を摘まんで、そっと離す。

「黎人……」

崖から落ちたと言っていた。きっと頭から落ちて、顔面が割れてしまったのだろう。昼間見た光景は凄惨だった。土と砂に汚れていたが、今はある程度は綺麗になっている。花燐は自分で縫い付けた略章に視線を移す。これは一部が欠落していた。崖から落ちた拍子に、破れて切れてしまったのだろうか。勲章はその人間の歴史だと、寧々は言っていた。兵士が生きた証しだと。それがひとつでも失した様(さま)は、彼にとって不名誉なことではないだろうか。せめて新しい略章をもらって、縫い直せれば。思って花燐は、欠けた略章にそっと触れる。

「…………?」

違和感があった。破れて切れた略章なら、切れ端はボロボロになっているはず。縫い付けた糸がほつれたなら、すぐに見てわかる。しかし目の前の略章は、縫いつけた根元からナイフで切ったような鮮やかな切り口だった。誰かが切り取った？　なんのために？

「……寧々、他人の略章を切る事などあるか？」

「略章ですか？　いえ……そんな事、意味がないですから」

「しません」と答える寧々を振り返りもせず、花燐は目が覚めていく感覚がした。

「なら……自分で切る事はあるか？」

「いえ、わざわざそんな面倒な事はしません。あぁでも……暗号に使う場合もあると、教官から聞いた気が……」

言って寧々が、はっと顔を上げる。同時に花燐は、黎人の遺体をつぶさに観察する。そして違和感の正体に気付いた。知らない指輪をしているのだ。

「この指輪、宇津木がわたしに贈ってくれたものに似ている。わたしが人間に化けるために……」

指輪に触れようとして、手を止める。なにかの拍子に壊れてしまってはいけない。おそらくこれは、意図的なものだから。

ドクンと、花燐の心臓が跳ね上がる。

「……黎人じゃない」

体中に、脈々と血液が流れ渡る感じがした。

「黎人じゃない……」

はっきりと言って、花燐は他の遺体も確認した。部屋に安置された三人の遺体に、黎人はいなかった。

「……これは誰だ？」

呆然と呟く花燐と、黎人と称された遺体を交互に眺めて、寧々はしばし言葉を失った。

「特佐が入れ替わった？　ご自分でやったのかしら……麻宮特尉はこのこと……きっとご存知なんだわ。なのにどうして……」

「寧々、来てくれ！」

花燐は部屋の灯りを手早く消すと、寧々の手を取って安置室を飛び出した。執務室に向かうと、ドアの前で座っていた天醐の頭を抱き締める。

「お嬢!?」

「……天醐、頼む。麻宮特尉……ではなくて、宇津木特士を呼んできてくれ。闇に紛れて誰にも気付かれないように」

「あの鵺の小僧か？　構わんが……」

「頼む」

ただならぬ圧を感じたのか、天醐はすぐに駆けだした。執務室で待機していると、ややあって外から声が聞こえる。

「すまんな小僧、お嬢のお呼びだ」

「なになになに？　俺、けっこう忙しいんだけど……っ」

強引に部屋に宇津木を連れ込み、天醐が帰って来る。寧々は素早く部屋の外を見回し、人の気配がないことを確認した。花燐は宇津木の腕を引くと、射貫くように彼を見つめる。

「黎人に指輪を渡したか？」

「いきなりなんの話です？」

「人間に化けるための指輪だ」

それだけで宇津木は察したらしい。眉間に皺を寄せて、思案の顔をした。

「……ああ、そうか。思いのほか動転してて見逃してたな。そうかそうか、指輪か。はい、渡しましたよ。あなたに渡すための人間に化ける用をひとつ。それを見て面白そうだからと、特佐から発注されましてね。特佐に化ける用をひとつ納品しました。法外な報酬と極秘という条件で。ああ……今言っちゃいましたけど」

「やはりか……」

「ならあの遺体は別人ですかね。入れ替わったとするなら、崖下に転落したときかもしれませんね。だとしても、撃たれたのは事実だと思いますよ。遠距離からのライフルらしいんで、急所を外しても結構な重傷のはずです。その上、馬車ごと転落とか。無事じゃないですよ」

「麻宮特尉は行方不明者の捜索隊を出すと言っていた。明日の朝一番にだ」

「生存の可能性が高いってことでしょうか。まあ、他人に指輪をさせるくらいは余裕があるのかな」

ぶつぶつと呟く宇津木を横目に、天翽は人心地ついたようにその場に座る。

「まったく。面倒臭いな、人間は。四の五の言わずに、生きてるかもしれねえから捜しに行くって、言えばいいのによ」

「麻宮特尉が表立って言わないってことは、隠しておきたいんです。隠さなきゃいけない理由があるんですよ、きっと」

「わざわざ進言していた、例の葬儀が怪しいかもですね。なーにが『都築派の区切りと終結を見届けてはいただけないでしょうか』だよ。裏でばっちばちにやりあってんのは知ってー――」

「揃いも揃ってなにをしているんですか。そういう話は小さな声でしなさい」

不意に麻宮の声が響いて、花燐を始めその場にいる全員が縮み上がる。

「なんのために犬神をつけたと思っているんですか。その耳は飾りですか？」

眼鏡を押し上げて、棘のある口調で睨んでくる。

「……おお、本気で気付かなかったぜ。こいつ何者だよ」

天鼬の瞳孔が点になっている。言葉のとおり、麻宮の気配に気付かなかったらしい。

「ど、ど、どうしたんだ、特尉。なにかあったのか？」

「動揺しているところを悪いですが、花燐嬢に要請です。二日後の葬儀並びに上層部の会談ですが、姫君にも出席をお願いしたいそうです」

「それは一条元帥からの命令か？」

「花燐嬢は軍属ではありません。厳密に言えば、元帥とて命令をする立場ではありません。なのでこれは、あくまで要請です。黎人の婚約者として……百鬼の花嫁としてご臨席を賜りたいそうです。僕からもお願いします」

「百鬼の花嫁として……。黎人の代弁をしろということか？」

「それに近しい状況になるかと。とはいえ、僕の『お願い』を聞くも聞かないも、ご自分で判断していただきたい」

「………………」

黎人は生きている。無事ではないかもしれないが、麻宮もそう思っているだろう。そしてその上で、なにかをもくろんでいる。ここで正面から問い質しても、麻宮は口を割らない。正攻法では、その真意を確かめる術がない。

だがおそらく、託されたのだ。花燐の言葉と行動は、この先すなわち黎人の言動も同然。この無力な手に、黎人の信用が乗っているのだ。

気付いて、ぐっと両手を握りしめる。それを見て、麻宮は少し笑った気がした。

「出席するとなれば、上層部はざわつくでしょうね。もしや妖怪と謀反を企んでいるのでは、と。一歩間違えれば妖怪との全面戦争も有り得ます。黎人という後ろ盾がない今、あなたを利用しようとする輩も出てくるでしょう。孤立無援になる可能性もあります」

「それでも」と麻宮は続ける。

「あなたはひとりでも、戦いますか？」

「……わたしの判断は黎人の判断だ。そして黎人の掲げる理想もまた、わたしの望むものでもある。わたしのこの手に、幾多の命が乗っているのだ。最後のひとりになろうとも、戦おう。その要請、謹（つつし）んでお受けする」

　麻宮はしばし口を閉ざしたあと、静かに敬礼をした。

＊　＊　＊

　花燐は本部内に留め置かれた。勝手な振る舞いはしてほしくない、という軍部の思惑だろうか。

　寧々は命令どおり、明朝に出立した。草一郎の行方も知れない。だが必ず黎人も探してみせると、ずいぶんな意気込みだった。宇津木と麻宮は本部へ残るものの、都築派と呼ばれる兵士のほとんどが捜索隊として派遣されるらしい。

　そばに居るのは天醐のみだ。

「なるほど、孤立無援も同然だな」

　思わず呟いて、与えられた客室の窓から外を眺める。冷えて乾燥した風が吹き付けていた。雪が降るのも時間の問題か。

「ちゃんと俺も数に入れてくれよ、お嬢。いつまでも親父様への後悔が消えねえんだ。せめてお嬢には死ぬまで尽くす」

「おまえの忠義は嬉しいが、命は大事にしろ。なにかあれば逃げるんだぞ」

「へ！　知らねえな」

陰陽軍本部とはいえ、多少の自由は許された。黎人の影響力の名残だろうと思われる。麻宮も知らないところで口を利いてくれたのかもしれない。

天酬を伴い、出来うる限りの情報を集めてみた。気付いたのは、基地内に蔓延する行き場のない鬱憤だった。天酬の耳を借りて兵士の言葉を拾ってみると、階級が下になるにつれ、上層部に対する不満の声が大きい。花燐の前では紳士的に振る舞っていた一条は、黎人不在のタイミングからずいぶんと横暴な言動が目立つようになったとか。

まるで道具のように人員を使い捨てる。それに対する辟易とした空気だ。

そして階級が上になるほどに、その声が聞こえなくなる。代わりに滲み出るのは、華族が持つ特権を奮う、その傲慢さだ。

いつか黎人が言っていた。華族は妖怪を管理したいと。その範囲が妖怪の範疇を超えて、人間側にまで浸食している。そんな雰囲気だった。

「……じわじわと腐敗しているな」

「いや、そもそも腐ってたんだ。あの男がいなくなった途端、それが溢れて出てきたんだぜ」

「この状況で黎人が戻ってきても、なにをどうするんだ」

黎人はなにをしたいのか。花燐になにをさせたいのか。その意図を摑みかねる。だが考え続けなければいけない。

しかし時間は有限だ。翌日の会談と葬儀まであっという間だった。

用意された黒小袖に着替え終わった頃、部屋のドアをノックする音があった。宇津木の声で「迎えに来た」と言っている。返事をしてドアを開けると、そこに立っていたのはどこかで見た顔だった。

灰色の髪の女性軍人。確か、夜会のときに猪だか熊だかの軍人を叱責していた、一条の副官だっただろうか。彼女は切れ長の目を細めると、小さく礼をした。

「お迎えに上がりました、百鬼の姫様。雨宮一級特佐と申します」

ちらりと背後を見ると、宇津木が立っている。どこかわざとらしく、こちらと目を合わせようとしないのは、気のせいだろうか。

確か雨宮は一条派だ。宇津木は都築派の直下だから、あまり良い感情を抱いていないかもしれない。きっとそうだろうと納得しかけた瞬間、なんの予兆もなく天醐が雨宮に飛びかかったのだ。

「天醐！」

叫んだ刹那、異変は起こった。ざわざわと空気が震え、雨宮の背後から灰色の尾が出現したのだ。一本二本……全てで四尾。そのうちの一本に打ち倒されて、天醐は床に叩き付けられる。

「学習しないね、きみは。頭に血が上ってそれどころじゃなかったのかい？」

花燐が駆け寄るよりも早く、雨宮は手鏡を取り出すと指先で小さく印を結ぶ。次の瞬間、天醐の姿は鏡に吸い込まれるように消えてしまったのだ。封じたのだ。いつかの鏡台と同じように。

為す術もなく立ち尽くす前で、ゆらゆらと揺らめいていた尾がすっと消える。

「この姿では二度目なのですが、改めて。四尾の妖狐、天閃でございます」

「おまえが……」

なぜ、宇津木が連れ立っているのか。愕然と背後を見やると、彼は罰が悪そうに笑った。

「俺、長いものには巻かれる質なんで。それに危なくなったら、真っ先に逃げますよ」

「裏切ったのか。いや、そもそも味方ではなかったのか」

「俺の役目は諜報です。良い条件で出資してくれるなら、雇い主は誰でもいいんです」

「……そうか」

雨宮――天閃は手鏡を上着に仕舞うと、細い目を更に細めてにこりと笑う。

「葬儀の御座席までご案内しましょう。少しお付き合いくださいな」

天翤を人質に取られているも同然だ。花燐は頷くことしかできなかった。

部屋から一歩出る。花燐の味方はひとりもいなかった。

「さて、なにからお話ししたらいいのかな。そうだね……昔話からしようか」

客室を出て廊下を歩く。先立ちに天閃。それに花燐がついていき、後ろに宇津木だ。若い兵士とすれ違うが、一級特佐の格好をした天閃を誰も怪しむ様子はない。

「昔々……私は空亡と一緒に妖怪の権利を守るために戦っていました。この国で生きる権利、食べる権利、住む権利。人間と妖怪は手を取り合って生きてきたのだから、当然それらは守られるべきだ。しかし人間は、西洋の文化を取り入れたいために、我々妖怪を追い払おうとした。この国は人間の所有物ではないのに、だ。我々は抵抗した。当然だろう？」

「それが人妖大戦か？」

「そう。八年続いた戦いで、人間も妖怪も疲弊していた。その頃かな。空亡が人間に毒されてきたのは。我々を排除しようとしてきた人間に情が移って、平和的に話し合いで解決したいと言い出した。先に手を出してきたのは人間なのに。挙げ句、人間の女と祝言を挙げるなんて。私はほとほと呆れたよ」

「袂を分かったというのか」

「見限ったんだよ、私が。必死に戦ってきた妖怪を裏切る行為だ」

「だから父を謀殺したのか」

「だって許せないじゃないか。犠牲になった妖怪を踏みにじるなんて。空亡は『人間はそう捨てたもんじゃない』と言っていたよ。でもそうやって信じていた人間に処刑されたんだ。本望だろうよ」

　遠くの景色を眺めるように言い放つ。花燐は思わずその顔を睨み付けた。

「なにを他人事のように。おまえのはかりごとだろう？」

「私が与えたのはきっかけだよ。どう動くのかは人間次第だ。特に軍部なんて野心家だらけだ。自分の手柄のためには、なんだってやるんだよ。そういう人間のどこを信用しろと言うのかい？　空亡が主張していたのは、実に甘っちょろい戯れ言なんだよ」

　馬鹿にしているようには聞こえない。涼しい顔の裏側に、天閃の怒りがあるような気がした。

「特に一条は際立っていたね。知っているかい？　一条は劣等感の塊のような男でね。同期だった都築秋一をどんな手を使ってでも蹴落とそうとしていた。あの男にちょっと教えてやったんだよ。都築と空亡が、密かに会合を重ねていると。するとどうだい。一条は自分の名声のために仲間を売ったんだ。偽の情報を流し、空亡に都築を襲わせた。そんな人間のどこが『そう捨てたもんじゃない』のか、心底教えてほしいね」

「父を恨んでおるのか」

「失望、と言った方が正しいかな。なんでこんな奴の参謀をやっていたのか、自分を恥じたさ」

　囁くように言って、天閃は立ち止まる。どこか薄ら笑いを浮かべて敬礼をするので、その視線の先を追った。恰幅の良い軍人が数人、目の前を通り過ぎるところだった。

　胸の略章を見るに、階級はかなり上だ。そう言えば麻宮が言っていた。軍の最上層部が集まると。

　大仰に頷いて去って行く要人を眺めながら、天閃は目の端で笑っている。そうして再び歩き出した。

「問題はきみさ。空亡の言葉を聞いて育ったきみは、おそらく人間の肩を持つだろう。母親だって人間だしね。となると、きみは空亡と同じ轍を踏む。百鬼の角という大きな看板を背負ったきみが、旗印となって人間に与する。そういう未来しか見えなかったんだよ」

「都合が悪いのか？」

「長い目で見て、妖怪のためにはならないだろうね。でも私には、一縷の望みもあったんだ。きみ自身が見聞して、人間と戦う妖怪の総大将になる未来もあるんじゃないかってね」

どういうことかと訝しげに眉根を寄せると、天閃はこちらを一瞥した。

「きみが判断できるまで、きみを守らなければならない。私はきみの居場所を一条に教えた。さあどうするのかと思ったら、きみを幽閉したね。まあそうだろうよ。空亡が人間を襲撃した尻拭いは、自分でしたんだから。この上きみの命を奪うとなっては、民衆はさすがに黙っていないだろうからね」

「私と母の居場所を密告したのは、おまえか」

愕然と目を見開く。

「でも、あの寒村からは出られたじゃないか。嫁入りまでして……で、どうだった？」

天閃が足を止める。目の前には大きな部屋があった。百人は入れる議事堂だ。要職と思われる軍人が続々と入っている。その部屋の前で天閃は、ちらりとこちらを見下ろしてきた。

「人間は愚かだよ。それをきみは、ずっと見てきたじゃないか」

問われて、花燐は息を詰める。

そうだ。人間はこの身になにをしたのか。あの武家屋敷に幽閉し、散々蔑んできた。ようやく出られたと思えば、猩々に針を刺し人間を襲わせた。それをさも正義面をして、目の前で叩き伏せたのだ。

更には妖怪を誘拐し、その身柄を売ろうとした。ただの金欲しさに。

あの温泉街の親子はどうだったか。やはり人間は欲と保身に駆られていた。娘の自由と天秤に掛けていたのだ。

その上、黎人の暗殺を企てたのも一条ではないのか。針を使い妖怪に襲わせた。狙撃をしたのは一条派の兵士ではないだろうか。どれもこれも、人間の仕業である。

脳裏に浮かぶあれこれに押し黙っていると、天閃はどこか哀れむような目を向けてくる。

「守る価値などあるかい？　肩を持つ理由がどこにあるのかな？　人間の悪行を見てきてなお、きみも『そう捨てたもんじゃない』なんて言うのかな？」

「わたしは……」

呟いて、無力なこの手を見下ろす。なにか反論しようとしたが、天閃を説き伏せるだけの材料が見つからなかった。それを天閃は憂慮する顔で眺めてから、やおら上着から銀の懐中時計を取り出した。

「時間だね。中に案内しよう、姫様。きみの見てきたことの結末を、一緒に見守ろうじゃないか」

ぱちんと音を立てて時計の蓋を閉じると、どこか恭しく一礼する。

黎人の葬儀が始まるのだ。

＊　＊　＊

「我々は、実に得がたい人物を亡くした。東西に分断されたこの日本を、再びひとつにしようという希望を断たれたのだ。奇しくも過去の事件を思い起こさせるようではないか。平和を論じる人間を、妖怪が襲撃する。我々はもう同じ過ちを繰り返してはならない。現状よりもさらに厳しく妖怪を管理し、その悪行を正させねばならんのだ」

壇上で一条が朗々と演説をしている。花燐の目から見ても、もはや白々しいものだった。どんな言葉で飾ろうとも、その真意は自らの保身と名声なのだから。

「今以上に各基地の武力を増強しなければならない。軍の最上層部として……いや、伝統ある華族が背負う責務として、この国を守らねばならないのだ。行く行くはこの国から妖怪が消えるかも知れない。それでも私は責任を持って、その職務を遂行する覚悟である」

名目は黎人の葬儀であったはずだが、一条はこの場を自分の主張を通す場だと思っているらしい。ちらりと視線を移す。最後列の端に麻宮が座っているが、ただ黙って一条の話を聞いていた。反論する気はないらしい。

陰鬱な気分だった。ここで立ち上がり、黎人を勝手に殺すなと叫ぶことは可能だろう。

だが黙殺される。妖怪は管理し支配するべきだという、この上層部に握りつぶされる。

　こんな無力な自分に、黎人はなにを期待しているのか。なにをすべきだと言うのだろうか。味方などひとりもいないのに。

　俯いていると、隣の天閃が小さく笑った。

「醜悪だね。人間はいつだって傲慢だ。自分たちがいつでも、全ての中心にいると思っている。でもきみは賢く立ち回れば良い。きみの百鬼の角があれば簡単さ。全ての妖怪に呼び掛けよう。人間を排除する為に立ち上がろうじゃないか。大丈夫。みんな、きみについていくよ。そうすれば平和がやってくる」

「わたしに妖怪を扇動せよと言うのか」

「きみならできるよ。それとも、この人間の醜悪さを見てまだ、擁護できるのかな」

「…………」

　議事堂を見回そうと、少しだけ視線を上げた。ふと、最後列の麻宮と目があった気がしたのだ。そうだ、彼と約束したのだ。ひとりでも戦うと。戦うということは、抗うということである。見苦しくとも、最後まで足掻かなくてはいけない。それがきっと、黎人が望む答えだから。

　きっと天閃を睨み付けた。そのときだった。

「異議あり」

　議事堂のどこかで声が上がった。しかもそれは、ひとりではなかった。いたる場所から

「異議あり」と一条に反対する人間が現れたのである。そのうちのひとりが、立ち上がる。

「一条元帥、あなたは陰陽軍の最高指揮官でいらっしゃる。しかしあくまでひとりの軍人。国の方針を決める立場ではないのですよ。国の行く末を決めるのは、帝の役目。皇族の皆様の仕事なのです。あなたが奪ってはいけない」

「左様。図らずもこの場には皇子が同席されている。麻宮特尉、皇族としての見解を伺いたい」

名を呼ばれて、ようやく麻宮が動き出す。

「異義ありとの言葉、ありがとうございます。病床の父も常々申しておりました。一条元帥の言動には疑念を感じざるを得ないと。それは都築黎人も同じことです。彼は日頃から種を蒔いていました。華族の伝統と称した上層部の腐敗と帝への不敬の数々。妖怪に対する行きすぎた行い。様々なものを冒瀆(ぼうとく)しているのではないかと、彼の父上である都築秋一と都築黎人の両特佐は、各基地や各人に警告の種を蒔いてきたのです。それがようやく実を結んだこと、嬉しく思います」

淡々と語る麻宮の言葉に、なおも反対する声も聞こえた。一条派と呼ばれる面々だった。しかしそれらを黙殺し、麻宮は続けた。

「この国の人間の代表が帝であり皇族であれば、妖怪の代表は総大将とも呼ばれた空亡殿です。残念なことに彼はもうこの世にはおりませんが、幸運なことにその御息女がいらっしゃる。百鬼の姫君である花燐様にお伺いしたい。あなたなら、この現状をどうしたいですか？」

不意に水を向けられ、さすがに面食らった。議事堂に集まった要人たちの視線が突き刺さる。花燐は唇を噛んで、小さな手をぎゅっと握る。戦うのだ。

「わたしが……妖怪の代表として口を開くことをおこがましく思うが……それでもひとりの妖怪としての話を聞いてくれるのであれば、ここで言っておきたい。人間は愚かである。武力で妖怪を打ちのめし、正義の顔でその犠牲の上に立つ。だが同時に、妖怪も愚かである。その報復をしようと爪を立てるのだから。両者とも完璧ではないのだ。武力に対し武力で抗おうとすれば、血が流れるのは必然だ。どちらもそれを止めなければならない。綺麗事に聞こえるかも知れないが、血で血を洗うのはそろそろ終わりにしなくてはいけない。我々には知性がある。言葉を紡いで、平和を作ることもできるのではないだろうか」

心臓が重く早鐘を打っている。掌にじわりと汗をかいた。この無力な小娘の言葉など、誰が聞いてくれるだろうか。不安で胸が張り裂けそうだった。

だが花燐には確信がある。あの寒村を出てから、ずっと人間と過ごした。黎人が居て、寧々が居て、草一郎が居た。麻宮も石蕗も……決してひとりではなかったのだ。彼らが手を尽くしてきた大仕事に、水を差してはいけない。

だがしばしの静寂のあと、ぱらぱらと拍手の音が聞こえてきたのだ。賛同してくれる幹部がいる、ということだろうか。それは徐々に大きくなり、議事堂に盛大に響き渡った。

「……黎人が種を蒔いてきたからだな」

少しは助力できただろうか。わずかにほっと頰を緩ませたが、一条の大きな声が響き渡る。

「葬儀はこれで閉会とする！　会談は休憩を挟んでから行う！　解散だ！」

それだけ言い捨てると、一条は壇上から降りてしまった。隣の天閃は、少しつまらなそうにそれを眺めていた。だがすぐに目を細めて笑みの形を作ると、その場から立ち上がる。

「追いかけてみようかな」

そう言って、花燐の手を強引に引いて歩き出したのだ。

一条の姿を見つけたのは、議事堂の控え室だった。そこへ放り込まれるように投げ入れられ、花燐は強かに体を打ち付ける。

「なんだ。言うことを聞かないとわかれば、手荒にするのか。おまえもあの寒村の人間と変わらんな」

天閃を見上げて言うと、気に障ったらしい。初めてむっとした表情をしたのだ。だがそんなことは関係ないとばかりに、一条が声を上げる。

「これはどういうことだ、天閃。我々軍部に楯突くような小娘は必要ないのだ。必要なのは従順でものを言わない人形だ。我を持つ妖怪などいらん」

「わかるよ。それに対しては同意だね。なら消してしまおうか。空亡と同じように」

「全く。やはり妖怪は役に立たん。この娘も空亡も、どいつもこいつも使えんな」

花燐は立ち上がりながら、着物の裾を払う。

「おまえが父を殺したか。聞かせろ。そんなに空亡が憎かったか」

「憎いもなにも、私の出世に必要だから殺したまでだ。それ以上でも以下でもない。妖怪など私にとってはただの道具だ。役に立てば使うし、いらなければ捨てる。なにが和平のための話し合いだ。下等な妖怪など、話し合う資格もないのだ。天閃、その小娘に針を使え。この娘を暴走させて、妖怪と話し合う余地などないことを知らしめてやる！　百鬼の小娘を討伐してこそ、我が陰陽軍の名が広まるのだ！」

「この期に及んで悪行を重ねるのか。黎人を狙ったのもおまえだな」

「おとなしくお飾りの象徴であれば、それで済んだのにな。目立とうとするから邪魔になる」

　一条をぎりぎりと睨み付ける。すると天閃はくつくつと喉の奥で笑う。

「ほら、こうなるんだよ。助けてあげようか？　ここにいる人間を全員殺すのはどうかな。そうすれば開戦まったなしだ。きみを旗印に戦おうじゃないか」

　甘く唆す声色だ。どいつもこいつも、自分のことしか考えない。むかむかと腹が立って、花燐は目を吊り上げた。

「誰かを利用することしか頭にないのか。少しは自分の顔と声で主張したらどうだ。正々堂々と黎人のようにな！」

　瞬間、天閃は花燐の髪を摑んで引っ張り上げた。その手に、銀色の針を持って。

「じゃあ、こうしようかな。やはりきみも空亡と同じだったね」

なぜか妬ましいと言いたげな口調だった。針がきらめく。

＊　＊　＊

そこから先の記憶は朧気だった。遠くから自分を傍観しているような、どこか他人事の心地だったのだ。黒かった髪が、父譲りの鮮やかな橙色に変化した。角も伸び爪も尖り、大鬼と呼ぶにふさわしい容貌となる。

全てを破壊しろと、頭の中で誰かが囁く。ふつふつとどす黒い怒りが沸き起こり、体中の力が勝手に暴れ始めた。

一体どこにそんな力があったのか、腕の一振りで石造りの壁を破壊する。やすやすと空けた穴から外に飛び出すと、異変に気付いた軍人たちが集まりつつあった。

大きな声で指示を出し、刀を向けているのは一条の配下の者たちだろうか。先程まで葬儀に出席していた妖怪の小娘だ。それがいきなり暴れるなんて、皆がそんな顔をしていた。だが知ったことではない。もう花燐には、顔の区別などついていなかった。ただ一様に黒い制服を着た、ただの生きもの。そういう認識でしかない。

手近に立ち尽くしている人間を、手始めに殺してやろう。適当に目星を付けて、鋭く伸びた爪を振り上げる。誰でもいい。この怒りをぶつけなければいけない。

しかし飛びかかろうとした刹那、割って入る人影がある。同じ漆黒の軍服の小柄な少女だった。赤みがかった濃い茶色の髪を三つ編みにして、頭の後ろでくるりと団子にしている。

「ここは都築隊にお任せ下さい！　幹部の皆様はお下がり下さい！」

そう叫んで、年配の軍人を護衛しながら距離を取る。邪魔をするのか。ではまず、この少女から血祭りに上げようか。

「花燐様！　正気にお戻り下さい！　寧々です！」

懇願するように言って、誰かの名を呼ぶのだ。花燐……果してそれは誰の名だったか。

寧々……どこかで聞いたことのあるような。

「草一郎！　そっちは大丈夫なの⁉」

「僕だって頑張ってるよ！　寧々こそ気をつけて！　あの針で花燐様が暴れてるんだ！」

負けじと声を上げたのは、黒髪を切り揃えた少年だった。草一郎と呼ばれた。なぜかその名を聞いて、ほっとした。てきぱきと動いて、人員を誘導している。

続けて、議事堂前の広場に続々と軍人がなだれ込んでくる。見たことのあるようなないような。不思議と懐かしく感じる顔ぶれだった気がした。

不意にぽつんと立ち尽くす。誰かを忘れているような。とても会いたくて大事な誰かを。顔も名前も思い出せないまま、脳裏が真っ赤に染まる感覚に襲われる。

とにかく目につく全てのものを壊さなくては。動くものがあれば、命を奪わなければいけない。理性も知性もない、自動的な衝動だった。

ふらふらと歩いて、捕獲できる獲物を探す。しかし誰もが駆け足で離れていくのだ。誰も彼も、自分を置いていく。たったひとりになって、寂しくて死んでしまいそうだった。味方はいない。たった独りで戦わなければいけない。なぜか強くそう思った。でも、寂しいのはもう嫌なのだ。どこかに閉じ込められ、寒くひもじい思いも嫌だった。暖かな場所で誰かに傍にいてほしかった。

「りひと……」

もうよく思い出せない言葉を繰り返す。なんの名前なのか。なにを指す言葉なのか、よくわからなくなっていた。

「都築特佐！　危険です！」

あの少女が叫んだ。いや、少女以外の人間も大きな声で制止の言葉を上げていた。なにやら、柔らかい響きのする名前だった。そう、誰かの名前だ。

心と頭に引っかかって、どうしても出てこない。もどかしくて足を止めた瞬間、なにか大きな力で抱き寄せられた。

「花燐……すまない。待たせてしまった」

背の高い黒服の男が、なぜか自分を強い力で抱き締めるのだ。

「……りひと」

口から勝手に言葉が漏れた。すると彼はしっかりと頷いて、紫色の目を細める。

ああ、生きている人間だ。殺さなければいけない。体が勝手に動いて、腕を振り上げた。

しかしこの男は避けもせず、ただ黙ってこの爪を受け入れたのだ。男のこめかみを一直線に切り裂き、真っ赤な血が溢れ出す。

それを見た瞬間、びくりと体の動きが止まった。もっと傷を付けなければという衝動と、これ以上はいけないと制止する最後の残り火のような理性だ。

葛藤と戦い震える手を、目の前の男はしっかりと握る。そしてその手を花燐の首筋へ移動させると、なにか細いものを握ったのだ。

「もうひとりにはさせない。約束する」

そう言うと、なにかを一気に引き抜いた。

瞬間、堰を切ったように感情が溢れ出す。体中に満ち満ちていた力が抜けて、膝から崩れ落ちた。それでも男は手を放すことをしなかった。ただ黙ってこちらの体を支えて、静かに目を伏せた。

「黎人……」

「そうだ。私がわかるか？　そろそろこの茶番を終わらせよう。そして一緒に帰ろう」

「いいね」と念を押すと、男は……黎人は、誰かを睨み据えた。ゆるゆると立ち上がってその視線を追うと、その先には汚いものを見るような目をした天閃がいる。

「……そういうことをするのか。だから人間って気持ち悪いんだよ。愛とか情とか……そういうわけのわからないものを持ち出して、いつも我々を脅かすんだ。実に気持ちが悪いな」

天閃の表情にはありありと嫌悪感が広がっていた。そしてやおら、ひらひらと手を振る。

「もういい、止めだ止め。確かに茶番だ。一刻も早く終わらせようじゃないか。人間なんて残らず朽ちてしまえばいいんだよ」

吐き出すように言った瞬間、軍服姿の天閃が変容する。四尾の尾が現れ、鞭のようにしなって辺りの地面に叩き付ける。石畳が砕け散り、もうもうと粉塵が舞い上がった。その中で大きな影が揺らめいた。三丈（約九メートル）はあろうかという、灰色の狐が現れたのだ。

その影から、きらりとなにかがこぼれ落ちる。すかさず走り寄ったのは、宇津木だった。それを拾い上げると、大きく振りかざして地面に叩き付ける。

あれは天翩を封じた手鏡だ。がしゃんと乾いた音を立てて、鏡が砕け散る。

「天翩！」

花燐が叫んだと同時に出現した白い狼は、宇津木の襟首に噛みついてこちらに放り投げた。狙い過（あやま）たず、目の前に落とされた宇津木は目を回して座り込む。そして我に返って、粛々と土下座をしたのだ。

「お叱りはあとでいくらでも受けるんで」

「……天閃についたのではなかったのか？」

「言ったでしょう。俺は長いものに巻かれる質なんです。そもそも都築特佐の方が長かったってことですよ。あ、俺は戦いに向いてないんで、さっさと逃げますね。あとは頼みます」

言いたいことだけ言って、宇津木は本当に走って行ってしまう。逃げ際にさり気なく若い兵士を庇ったあたり、もう軍人としての性分が染みついてしまったのか。

「さあ、お嬢。因縁に決着をつけようや」

ぐるぐると唸りながら、天醐の姿がひゅうと煙のように立ち上がる。その体と力を受け取りながら、花燐は灰色の妖狐を見据えた。

先程まで暴れていた力が、体内に静かに脈々と流れているのを感じる。これはなんだろうと思いながら、自分にできることがはっきりしてきた。

花燐は手を伸ばす。その掌から炎が生まれた。見たことがある、父の——百鬼の力。どう扱えばいいのかも、自然と理解する。まるで父が話しかけてくれているみたいに。

「百鬼の炎よ……！」

小さく呟けば、花燐の周囲で無数の炎が踊る。行けと命じれば、それは意思を持ったかのように天閃に飛びかかった。

それを見て、灰色の妖狐は憎々しげに吐き捨てる。

「針と犬神の助力で目覚めたか……！　どこまでも私の邪魔をするのか、空亡は！」

炎から逃げようと天閃は飛び上がる。しかしばちりと大きな音を立てて、宙で弾かれた。

そうして留まった妖狐に、炎が襲いかかる。

憎悪の声が悲鳴に変わる。それを淡々と見上げて、額から流れる血も拭わず隣の黎人はいくつかの札を手にしていた。

「妖狐を相手取ることを知って、私が無策で挑むと思ったか？　妖怪を封じる術は、おまえの専売特許ではない。都築家は代々、陰陽師の家系だ。妖怪を滅する秘術などいくらでもある」

「この人間風情が！」

黎人が印を結び、呪言(じゅごん)を唱える。いつの間にか広場のあちらこちらに貼られていた札が輝くと、更に妖狐を縛り付ける。やがて光に呼応するように、天閃の体から白煙が上がり出した。絶叫が広場にこだまする。

険しく眉を顰めて、花燐は黎人を見上げた。

「黎人、これは……？」

「妖狐は狐が妖力を持った妖怪だ。その莫大な妖力を吸い上げている」

いつの間にそんな策を講じたのか。黎人の算段におののくが、天閃も必死に抵抗をする。呪いの言葉を吐きながら、四尾の尾がうねりだしたのだ。尾のひとつひとつが変化する。それは無数の灰色の狐になり、広場で配置についていた都築隊に襲いかかった。

「都築隊は前へ！　これまでの経験を生かしなさい！　要人を守りつつ、妖狐の眷属(けんぞく)を撃退せよ！」

いつの間にか来ていた麻宮の号令に、力強い返事が無数に応じる。その中に寧々も草一郎も、宇津木もいた。はらはらと見やるが、黎人はいたって冷静に口を開く。

「天閃の眷属の相手は、麻宮が指揮をする。問題ない。我々は本体に集中だ」

「見ろ」と促されて天閃の方へ注意を向ける。白煙と共に妖力を吸い取られ、そこに居たのは小さな狐だった。痩せ細り年老いた、小さな灰色の狐が一匹。

「……これが天閃か」

「妖狐は妖力が増すごとに尾が増えていく。そして尾の一本ずつが分身となり、自我を持って行動する。推測するに一尾は老婆、二尾は古物商、三尾は陰陽師、四尾は軍に。妖力を失った目の前の狐が、尾を失った本体だ」

「ではあれが天閃の正体か」

「こうなればただの狐も同然。討ち取ってくれよう。それが父と空亡の仇討ちだ」

無力な老狐ははいつくばって、こちらを見上げていた。

「助けて……助けて……」

そう呻くのが精一杯な狐に向かって、黎人は刀を抜き放った。一刀のもとに切り伏せれば、全てが終わる。

「助けて……もうなにも、しないから……」

もはや起き上がることもできずに、ただ命を乞うだけだった。黎人の札は、それでも白煙を上げ続ける。最後の最後まで、妖力を吸い尽くすつもりらしい。

「黎人……もういい」

刀を抜いた手を、花燐は押さえた。

「もう……あとにはなにも残るまい」

黎人はこちらをしばらく見て、黙って刀を収めた。天閃の姿がどんどんと小さくなる。そしてやがて、動かなくなった。

それを見届けてから、花燐は周囲を振り返る。都築隊は善戦していた。目に余る損害もなく、無数の妖狐を討ち取っている。広場は静寂を取り戻していた。

ほっと胸を撫で下ろしていると、嫌でも聞き慣れた声が響く。

「よ、よくやってくれた、都築特佐！　お手柄だ！　またひとつ勲章が増えるだろう。生きていてなによりだ！　さすがは私が見込んだだけのことはある！」

一条だった。しゃあしゃあと戯れ言を並べている。天閃の猛攻の際にちらりと見たが、部下も押しやってていの一番に逃げ出していたのだ。

「とんだ面の皮だな。おまえは自分がなにをやったか、わかっているのか？」

花燐の体から、ゆらりと炎が立ち上がる。まだ天醐は取り憑いたままだ。その助力があれば、人間のひとりなどたちまちに灰にできる。真の仇は、この男ではないのか。

だが黎人はそれを制した。

「花燐」

「黎人、その男はな……！」

「聞いていたさ。全部な」

「なに？」

どういうことかと問い質そうとするが、なぜか黎人は懐から懐中時計を取り出した。時刻を確認してぱちんと蓋を閉じたと同時に、血相を変えた兵士が駆け込んでくる。一条の姿を確認すると、青い顔で敬礼をした。

「各基地から通信です！　反乱が起こったと……全国の全ての基地で一斉に反乱です！」

「どういうことだ……！」

「北関東基地の南雲一級特尉から声明が！　『軍の中枢機関は全て占拠した。今後は全て、都築特佐の指示に従うように』と……っ」

通信兵の伝令に、一条が気色ばむ。すぐさま黎人を見て大声を上げた。

「都築特佐、これはどういう意味だ！　南雲は貴様の部下ではないだろう！　基地を占拠など立派な反逆行為だ。軍法会議では済まんぞ！」

周囲のざわめきなどよそに、黎人は冷めた表情で淡々と口を開く。

「お聞きのとおり、これはクーデターです」

「なんだと!?」

「本部の各所に盗聴器を仕掛けました。あなたが発した一語一句、漏らさず全てを各基地へ送信しています。過去にあなたが情報を改竄し、私の父と空亡を謀殺したことも。天閃と手を組み、私の暗殺を企てたことも。花燐に一体なにをしたのかも、全てです」

「…………」

一条は青い顔で周囲を見回した。一条を庇う声はひとつも上がらない。誰もが侮蔑の目を向けていた。

「あなたは兵士を蔑ろにしすぎた。妖怪の人身売買で得た金も、あなたに流れている。仮にそれらが軍部を潤すためだとしましょう。確かに資金があれば武器も揃い、新たな兵器も開発できる。しかしそれを扱うのは兵士なのです。もう少し兵士を評価し、兵士を大事にして頂きたかった」

「……都築、貴様！」

一条は、そっとやってきていた寧々と草一郎に叫びつけた。

「構わん、都築を殺せ！」

「で、できません！」

草一郎は青い顔で、しかし反射的に答えた。

「できません、一条元帥。……先程、都築特佐に言われました。なにが起ころうとも己の判断で行動しろと……特佐に銃を向けるなど、できません！」

「腰抜けが！　もういい、私が処罰する！」

一条が携帯していた銃を構えるより前に、黎人の冷淡な声が響く。

「一条を拘束しろ」

「は！」

寧々と草一郎、それに見える範囲にいた黒服の兵士たちが一斉に銃を向ける。

「貴様たち……なにを！　私は元帥だぞ！」

「あなたには荷が重い。あとは私が引き受けます」

そう言うなり、黎人は声を上げた。

「全軍に告ぐ！　この場を制圧し、主要幹部を全員捕らえろ。それに従う者も全てだ。抵抗するなら殺せ！」

「了解！」

各所から応答の声が相次いだ。基地内にも外にも、すでに黎人の部下は密かに配置済みらしい。周到に準備していたと思われる本部周辺の制圧は、大した時間もかからずに完了した。黎人に従う兵士は粛々と任務をこなし、会場にいた一条派の幹部を拘束し速やかに本部の監房へと送る。

それを見ていた一条はすでに蒼白だった。なにもかもが目の前で失われていく。正気を保っていられるわけがなかった。

「だから……だから誰も彼も信用ならんのだ！　誰も彼も私に従えばいい！　それなのに、全く役に立たん屑ばかりだ！　なぜ、おまえたちは都築に従う。昔も今も……私の命令を粛々と聞いていればいいのだ！」

もはや花燐は、哀れみに近い視線を向ける。

「この期に及んでまだ言うか」

「おまえたちの方こそ身の程を知れ！　妖怪など、人間よりも劣る下等な生物だ！　なんの価値があろうか！　使い潰してなにが悪い！　人間様のためだけに、ただただ動けばいいのだ！」

喚く一条の声が響く最中、どこかでざわめきが起こった。それが天閃の亡骸（なきがら）の場所だったと思い至った瞬間、小さな影が飛び出したのだ。

今にも崩れ落ちそうな痩せた狐が最後の力で飛び上がると、そのまま一条の首に巻き付いた。

「端から……話が合わないねえ、おまえとは。空亡を消すという利害が一致したから、目を掛けてやったのに。大体が人間の方こそ……無価値なんだよ。いつだって私から奪うんだ。なにもかもだ。あいつも……人間に奪われて……」

ぎりぎりと一条を締め上げる。もう力の加減などできないのだろう。そしてそれを止める者もいなかった。

「あいつは……太陽みたいなやつだったんだ。温かくて眩しくて、いつも羨ましかった。隣にいられることが……誇らしかったさ。それなのに……人間なんぞに情が移って……恋慕して……憎らしい……憎らしい……」

もう光を失いつつある瞳で、天閃はこちらを見る。

「あの……女の面影だ。おまえさえ居なければ……おまえさえ……」

繰り返すごとに、天閃の体が塵に変わる。妖狐が吐き出す呪いの言葉を聞いて、花燐は得心がいった。

「おまえ、それは……恋だな」

天閃の目が見開いた。

「好いたあまりに、憎さ百倍だったのか。わたしの父に恋慕して……それが叶わず我を忘れて苛立ったか」

「そんなはずは……そんなはず……」

「父は、とても母を好いておったぞ。人間だ妖怪だと、そんな些事に構いもせずにな。哀れな狐だ。今やわたしも、些事だと言える。おまえにはもう、理解できまいが」

天閃はなにかを口にした。それが言葉に変わる前に、塵へと消えていったのだ。あとに残ったのは灰燼にも似た塵と、かつて元帥だった男の亡骸だった。

＊＊＊

「起きましたか？　起きましたね？　今回ばかりは、さすがの僕も言いたいことが山ほどありますが……まずはひとつ。ひとりで勝手に作戦を起こして、勝手に実行しないでください！」

黎人が目覚めて最初に聞いたのは、珍しく激した麻宮の怒声だった。ぼんやりと霞む意識で見回すと、清潔なベッドに寝かされている。部屋はそれほど大きくはなかったが、窓にはカーテンが厚く閉められて、光は差し込んでいない。どうやら夜らしいということだけは、理解できた。

「……私は気を失っていたか？」

「クーデターのあと、ぶっ倒れて丸二日寝ていましたよ」

「ここは？」

「僕のセーフハウスです。今や最重要幹部ですからね。所在は余り明かさない方がいいと判断しました。ライフルの弾は綺麗に急所を避けて貫通してましたよ。手術も終わってます」

そういえば肩口が痛む。黎人が見やると、白い包帯が何重にも巻かれていた。素早く状況を理解して「ふむ」と唸る。

「急所を外すとはたいしたことない狙撃手だったな」

「ただ運が良かっただけです！　撃たれて崖下に転落し、応急処置だけした体で潜伏の後に、本部で妖狐と大立ち回りですからね。よく生きてますね！」

麻宮は「馬鹿なんじゃないですか」と毒づくが、枕元にいたらしい花燐が青い顔でおろおろしている。

「麻宮特尉……それくらいで。黎人は大怪我をしておるのだ」

「姫君には申し訳ない気持ちですよ。予定にはありませんでしたが、図らずもまた囮をさせることになってしまって」

「囮……」

愕然と呟く様子を見て、黎人は小さく息を吐いた。

「私からも謝罪する。あの状況で最良だと判断した結果だが、きみを危険な目に遭わせてしまった」

「……そうか。わたしを餌にして、一条の自白を引き出したのか」

「私という後ろ盾を失ったきみに、天閃も接触してくると思った。前々から雨宮のことは注視していた。いつ尻尾を出すのか、それを計っていた。とにかく彼らの悪事を白日の下に晒さなければいけない。それを成してこその変革だった。その方法を思案していたが、結果としてきみを巻き込んでしまい……すまない」

痛む半身を起こして頭を下げる。花燐が慌てて飛んでくるが、彼女は小さく笑った。

「『自分から打って出たい』とわたしが言ったのだ。黎人はそれを酌んだだけのこと。それに、密かに宇津木を護衛につけただろう？　わたしにはわかったぞ」

「……そうか」

痛みを堪えて目元を緩ませると、黎人は麻宮を見上げた。

「状況は？」

「本部を含めた各基地に配置した都築派の兵士が、うまく機能してくれています。抵抗する一条派はすでに捕縛済み。各地に散らばる南雲司令の同僚や部下なども、ずいぶんと貢献してくれました。さすがは鬼神の南雲と慕われたお人柄ですよ。こちらについてくれてよかったですね」

「そう仕向けたのはおまえだろう」

「うまくいくかどうかなんて正直賭けでしたが……長い時間をかけて、着々とあなたの支持者を増やしていった甲斐があったというものです。陰陽軍は手中に収めたと言っても過言ではないでしょう。帝は……放っておきましょう。どうせ俗世のクーデターなんて眼中にないですから。頑張ったら、あなたの独裁も可能なのでは？」

麻宮はにやにやと笑うが、黎人は小さく鼻を鳴らす。

「あまり興味がないな」

「そうでしょうとも。まあとにかく、あなたには面倒な役を押しつけますよ。しばらくは軍の顔として頑張ってください。しかしあなたが暗殺されたかもと一報が届いたときには、肝を冷やしましたけどね」

「すぐに気付いたか？」

「運ばれてきた遺体を見たらわかりますよ。心臓をナイフで一突きでしたからね。暗殺の手法です。おそらく強襲してきた相手を殺して、身代わりに仕立てたんでしょう？　顔を変えて死を偽装し、略章を切り取ったとなれば……故意でしかない」

「そうか。なら良かった」

「いいわけないでしょう。僕が暗号を解読できずに決起のタイミングを見誤っていたら、一体どうなっていたことやら。狙撃されたのをいいことに、勝手に自分の判断だけで動かないで下さい！」

突き放すように言ってから、麻宮は腕を組んで睨み付けてくる。

「あなたにはもうひとつ、大きな仕事が残っているでしょう？　元帥として偉そうな顔をするのは、そのあとですよ」

「いいですね」と釘を刺し、麻宮は足音も荒く部屋から出て行ってしまった。

さて、部屋に残されたのは黎人と花燐だけだ。課された仕事をどう処理しようかと黎人が思案しかけたとき、不意に花燐が強い勢いで体当たりをしてきた。いや、抱き付いてきた。

「花燐……そこは……傷口……」

「黎人ー！　良かったな！　生きていてよかったな！　わたしはもう……おまえが死んだと思って！　もうどうしようかと思って！」

「すまない……」

「寧々も草一郎も無事でよかったぞ！　寧々までおまえの捜索に行くとなったとき、わたしは本当は寂しくて……心細くて……！」

次第に花燐の声が震え、目からはぼろぼろと大粒の涙を流している。ずっと気を張り詰めていたのだろう。ついに決壊したという感じだった。

さすがに良心が痛み、そっと細い肩を抱き寄せる。

「本部から私の部下を極力出す策だった。一条を油断させる為に必要で……」

言いかけて、口をつぐむ。なにを言っても言い訳だ。彼女を傷付けたのは事実なのだから。

「……とても不誠実なことをした。きみを都合良く利用したと思われても、仕方がない。なにもかも、変革の日を迎えるためだった。話せないことも多くあって……不安にさせた。私を見限ると言うのなら、それもやむを得ない。私は引き続き、人間と妖怪が平和に暮らしていけるように尽力するつもりで――」

こちらの胸に顔を埋めたまま、花燐が問うてくる。

「そこに、わたしはいらないのか？」

「必要だとも」

即答して、彼女の髪の一房を摘まむ。

「……私は過去に、空亡に助けられたことがある。その恩人と約束したと話したな。きみを必ず幸せにすると。ずっと考えてきた。きみが笑顔で過ごせるように、なにをすればいいのか。これが私の結論だ」

「……なにもかもが、わたしのためだと言うのか？」

花燐は目を見開いて、顔を上げた。

「きみに責任を負わせるつもりはない。だが、私の行動原理はそこにある。私なりにきみを思ってのことだった。しかし、いくら私が良かれと思っても、きみの身に危険が及んだとなれば、独りよがりの自己満足に過ぎないんだ。きみは私を、責めてもいい」

「…………」

花燐はしばらく押し黙っていた。まさか、黎人の原動力が自分だったとは思いも寄らなかったのだろう。困惑に滲んだ表情で、呆然としていた。

「きみがきみのまま、この国のどこへでも行けるようにと願う。そのためには……」

口から出かかった言葉を飲み込む。伝えるべきか否か、ここへきて躊躇した。どうすれば最善なのか。花燐の為に言うべきか、止めるべきか。そういう迷いが、珍しく透けた。

気付いたのだろう、花燐は珍獣を見るような目を向けてきた。

「黎人がそんな顔をするなど、明日は槍でも降るのかな」

悪戯（いたずら）っぽく笑ってから、花燐はいくらか俯く。

「……わたしは嬉しかったぞ。黎人はわたしに一任してくれたのだ。あんな渦中で、自分の判断を信用してくれたのだぞ。無力だったこの手が、ちょっとだけ好きになったものだ」

「花燐……」

「おまえを見限る理由などあるものか。それに痛いほど感じたぞ。黎人がいないとわたしはわたしではいられないと。わたしのためを思うと言うのなら、その……あれだ。いつでも……わたしの、そばに……その……」

もごもごと口籠もって、顔を赤くしている。

「麻宮が言っていただろう。私にはまだ大きな仕事が残っていると」

「ああ、そんなことも言っていたが」

『それがなにか？』という顔をする花燐を、ふっと笑んで抱き締める。

「私の最初で最後の大仕事だ。きみにプロポーズをしなければならない」

「ぷろぽーず？」

聞き慣れない言葉だと、花燐は問い返す。

「正式に結婚を申し込みたい。そういう意味だ」

「…………」

花燐は一瞬だけぽかんとしてから、ばたばたと手足を動かした。

「え!?　……正式……!?　結婚!?」

「最初はとにかく、きみをあの寒村から出さなくてはいけなかった。そのときに言ったな。これは取り引きであり政略結婚なのだと。しかし今は違う。生涯連れ添い、きみを守り愛するために、きみと結婚したい。だからこうして……再び結婚を申し込んでいる」

「…………！」

花燐はしばし硬直していた。数秒の後に復活して、やはり落ち着きなくきょろきょろと辺りを見回す。

「……わ、わたしのことが好きだと……そう言っているのか!?」

「そうだ。約束したはずだ。きみに恋を見せると。今、きみの目の前にいるのがそれだ。間違いない」

「……恋」

「きみと蔵宜の約束も果たされた。きみはこれを報告する義務がある。手紙を出すのがよいと思うが、あの武家屋敷は人間の縄張りにある。さて、どうやって堂々と手紙を届けるのがよいかと考えると、答えはひとつだと思わないか？」

「……ああ、そうだな」

花燐ははにかむように笑って、こちらの顔を見据えた。

「わたしが妖怪の総大将を継ぎ、おまえと結婚する。そうして手を取り合っていくのだと公表して、時間が掛かっても東西を統合しよう」

「決まりだ」

安堵して、黎人は目を伏せて笑った。

終章

蔵宜は日がな一日、ぼうっと過ごすばかりだった。

蔵宜の屋敷から花燐が去り、人間が訪れることもなくなった。あとに残ったのは静寂ばかりである。どれほど時間が経っただろうか。

しかし暇を持て余していたある日、珍しく玄関先で声がする。

「ごめんくださいにゃ。家鳴の蔵宜さんはご在宅ですかにゃ？」

慌てて出てみると、そこに居たのは二本足で立つ茶虎の大きな猫だった。

「こりゃたまげた。猫又だな？」

さて、この近辺に猫又などいただろうか？　顎に手をやって唸っているそばで、茶虎の猫又は断りもせずにずんずんと家の中に入ってくる。

「お邪魔しますにゃ。やれやれにゃ。帝都からここまでずいぶんと遠かったにゃ。あ、申し遅れましたにゃ。俺は虎吉と申す猫又ですにゃ。お手紙を預かってきましたにゃ」

「手紙？」

更に訝しんで眉間に皺を寄せる。しかし目の前の虎吉と名乗った猫又は、担いでいた風呂敷を下ろし、なにやらごそごそと取り出す。

「はいにゃ」

　ぷくぷくの肉球で、虎吉は一通の書簡を手渡してくる。仕方なく受け取って裏を見ると、花燐の名前があったのだ。

「なんと！　姫が！」

　一大事と急いで開くと、紛れもない花燐の筆跡がある。

「なんとなんと……！　祝言を挙げられたのか！　……いやしかし、あの男と……口惜しや！　望まぬ縁談などワシのせいで断り切れず……この蔵宜、腹を切るしかございませぬ！」

「写真もあるにゃ」

「写真？」

　確か、実像を写す絵だったか。ぐぬぬと唇を噛みしめて、虎吉から写真を受け取る。するとそこには、純白の洋装の花燐と、同じく白い洋装のあの男が写っていたのだ。

「……姫、まことにお幸せそうな顔をされて……。裏書きがあるな。そうか、恋なるものを見つけられたのか……！」

「らぶらぶなのにゃ。百鬼の姫様は俺にもとても優しくしてくれるにゃ。その人間の花婿もなかなかどうして、頑張っているのにゃ。そいでな、ちょいと実験しようということになったのにゃ」

「実験？」

「妖怪と人間は仲良くしましょうと宣言して、ちょいと時間が経ったから、俺が帝都からお手紙を運んでも大丈夫かどうか、実験なのにゃ」

「ほう……」

「言うても俺は、帝都の生まれなのにゃよ。寧々という、手を焼かせる妹みたいな人間がおるにゃけど、なんと俺に仕事をくれたのにゃ。正式な国のお仕事にゃ。これで堂々と寧々に会えるし、堂々と東側にお出掛けできるにゃ。これはすごいことにゃ」

「ワシの知らぬ間に、そんな世になっておったのか……」

「俺が無事にお手紙をお届けできたなら、姫様も正式にお出掛けできるらしいのにゃ。よかったにゃ」

ぽんぽんと肩を叩かれて、呆然と立ち尽くす。あの百鬼の姫が、会いに来てくれるというのか。じわりと目頭が熱くなり、ぼろぼろと涙がこぼれ落ちる。

「姫……！　わざわざワシに会いに来てくれると仰るのか！　なんたる光栄！」

「道中、そんなに危ないことはなかったのにゃ。これもちゃんと報告しなきゃにゃ。それにしても、ここはお日様がぽかぽかで気持ちいいのにゃ。しばらく厄介になるにゃ」

言うなり虎吉は、ごろりと畳の上で寝転がってしまう。

「なんと？」

「あ、お返事はゆっくりでいいのにゃ。大丈夫にゃ。俺がちゃんと届けるにゃ」

「返事……そうとも、お返事をしたためなければ！　紙！　あと筆はどこか⁉」

さて、なにから記せばいいのやら。畑の茄子が立派に育ったことか。それとも、巣を作った燕が無事に巣立ったことか。いやいや、もっと他に伝えることはあるはずである。
その日蔵宜は腕を組んでしばらく唸り、幸せな悩みを抱えることになった。

〈了〉

あとがき

はじめまして、もしくはお久しぶりです。織都と申します。

このたびは本作を手に取っていただきありがとうございます。

とにもかくにも、かっこいい軍人さんヒーローを書くのだと心に誓って執筆しましたが、鉄壁無表情のお茶目さんに仕上がってしまいました。大丈夫でしたか？　ちゃんとかっこよくなっていたでしょうか？　作者はそれだけが心配です。ヒロインちゃん共々、末永くよろしくお願いいたします。


さて暑い日が続いておりますが、ついに実家の庭を大改装いたしました。新築当初に植えた木がぐんぐん大きくなり、雑草はジャングル。剪定も草刈りもこの猛暑では命取りになる昨今、外構工事に踏み切りました。木も草も全部引っこ抜いて、全面防草シートに砂利仕様です。素晴らしい！　もう草刈りをしなくていい！　伸びまくる枝を切らなくていいし、虫に刺されて派手に腫れ、病院のお世話になることもないのです！　もう本当にですね、これから家を建てるぞ！　という方々にお伝えしたいのは、木を植えるときは気をつけろ！　ということです。三十年四十年経つと、それなりに大きくなります。年老いた体で剪定できるかどうか、木の種類やどこまで育つのかと調べてから、植えた方がよろしいのだと老婆心ながらお伝えしたい。どうしても緑が欲しいときは、鉢植えでいいのではないかと。新築を計画していた当時の両親に伝えたい！（大声）
暑いと言えば老猫二匹と暮らしているのですが、エアコンのない日向で寝ようとするので「いやー！」と叫びながら、エアコンのきいた部屋に連行する毎日です。死んじゃうからやめて！　お願いだからやめて！　織都は猫と戦いながら、執筆の日々を送っております。皆様も諸々お気を付け下さいませ。この本が発売される頃には、涼しくなっているといいのですが……。

この場をお借りして、素晴らしい表紙を描いてくださった大庭そと先生、デザイナーさま、編集者さまに御礼申し上げます。そして数ある小説の中から、本書を手に取ってくださった読者さまにも最大の感謝を。
続刊できることを祈りつつ。

織都

この物語はフィクションです。
実在の人物、団体等とは一切関係がありません。
本書は書き下ろしです。

織都先生へのファンレターの宛先

〒101-0003　東京都千代田区一ツ橋2-6-3　一ツ橋ビル2F
マイナビ出版　ファン文庫編集部
「織都先生」係

百鬼の花嫁

2024年9月20日　初版第1刷発行

著　者　　織都
発行者　　角竹輝紀
編　集　　須川奈津江
発行所　　株式会社マイナビ出版

〒101-0003　東京都千代田区一ツ橋2丁目6番3号　一ツ橋ビル2F
TEL 0480-38-6872（注文専用ダイヤル）
TEL 03-3556-2731（販売部）
TEL 03-3556-2735（編集部）
URL https://book.mynavi.jp/

イラスト　　大庭そと
装　幀　　木下佑紀乃＋ベイブリッジ・スタジオ
フォーマット　ベイブリッジ・スタジオ
ＤＴＰ　　富宗治
校　正　　株式会社鷗来堂
印刷・製本　中央精版印刷株式会社

●定価はカバーに記載してあります。●乱丁・落丁についてのお問い合わせは、
注文専用ダイヤル（0480-38-6872）、電子メール（sas@mynavi.jp）までお願いいたします。
 ISBN978-4-8399-8710-7
Printed in Japan

Fan
ファン文庫

仏師伊織と物語る像

著者／浜野稚子
イラスト／綾野六師

菩薩像に込められたのは、
“前へ進め”というメッセージ

優しい祖父・一男が亡くなり、引きこもりニートだった磨夢は茫然自失。そんな時、新進気鋭の仏師である伊織が現れ、自分の下で働くように言う。磨夢を置いていなくなった家族の謎、伊織の命を付け狙う黒い影の正体とは？

Fan
ファン文庫

古道具屋蔦之庵の夫婦事情

著者／猫屋ちゃき
イラスト／桜花舞

嫌われても、居場所がなくても、
人生は続いていくのだ

虐げられ感情を押し隠すようになった少女が常にお面を被っている古道具屋の店主と出会い、真実の愛を見つける物語。

架空日本が舞台の恋愛ファンタジー！

Fan
ファン文庫

死神ラスカは謎を解く 2

著者／植原翠
イラスト／煮たか

「死神って、なんで死神なんだ？」
死神の成り立ちとは――ラスカの過去に迫る!?

学生寮で殺人事件が起きた。しかし事件現場からは残留思念が見つからず？　利害の一致から手を組んだ死神と刑事の凸凹バディが難事件を解決する異能力ミステリー第二弾！